KB238698

어떤 가정

어떤 가정

민병훈
장편소설

문학동네

차례

이전 책을 출간하고 글쓰는 삶에 큰 변화가 찾아올 거라 생각했지만 세상만사가 그렇듯 특별한 일은 생기지 않았다. 아버지가 스스로 생을 마감한 사건을 소설로 쓴다 한들 삶과 가족에 대한 명확한 이해 혹은 해답을 찾을 수는 없었다. 나는 쓰고자 했고, 그것을 썼다. 그 책의 인과는 이것이 전부다. 이제는 그 기억에서 벗어나 전혀 다른 소설을 쓸 수 있을 거라고 기대했지만 예상과 달리 그런 일은 생기지 않았다.

책 출간 후 마련된 행사에서는 대체로 비슷한 질문을 받았다.

이 이야기는 실화인가요?

실화라고 대답하자 단단한 침묵이 장내 공기를 누르는 것 같았다. 누군가 손을 들고 이런 질문을 했다.

개인적인 경험을 소설로 쓴 이유는 무엇인가요?

인터넷 서점에 달린 댓글에서도 비슷한 질문을 본 적이 있다. 작가의 아버지가 쓴 유서의 내용이 독자인 자신은 궁금하지 않다고. 사실 맞는 말이다. 어떤 소설을 꼭 읽어야 하는 이유라는 건 없다. 마찬가지로 개인적인 경험을 소설로 쓴 뚜렷한 이유 역시 없을지도 모른다. 하지만 이런 대답을 들으려고 시간과 돈을 써서 행사에 온 건 아닐 테니 나는 언제나 다른 말을 준비했다. 문학적 허구나 상상력을 동원하기엔 그 일이 내 삶에서 너무나 압도적이어서, 경험과 사실을 벗어난 이야기를 쓸 수 없었다고. 다시 말해, 허구와 상상력이 끼어들 수 없었다고 말이다. 그는 대답을 듣곤 질문을 이어갔다.

그런 소설은 왜 출간되어야 하나요?

이 소설은 이러한 질문으로 말문이 막혔던 순간들을 경험한 뒤 마련한 일종의 대답이 될 것이다.

1

담당 편집자와 미팅을 갖기 하루 전, 누나에게 연락이 왔다. 책을 출간한 지 십 개월 정도가 흘러 편집자와 다음 소설의 구체적인 이야기 방향과 출간 일정 등을 잡기 위한 미팅이었다. 나는 이런 식의 우연을 좋아하진 않는데, 누나의 연락이 어쩐지 의미심장했고 어떤 말을 꺼낼지도 궁금했다. 누나와는 자주 연락하는 편이 아니라 안부를 묻는 누나의 인사말이 어딘가 부자연스럽게 느껴졌다. 누나는 아이를 재우고 읽느라 시간이 오래 걸렸다고 말했다. 뭘 읽었다는 걸까? 누나는 책을 사진 찍어 보냈다. 나는 답장하지 않고 사진을 오래 들여다봤다.

그 소설에 누나는 등장하지 않는다. 아니, 의도적으로 등장시키지 않았다. 그랬다면 전혀 다른 소설이 되었을 것이다. 누나의 이야기까지는 쓸 수 없었어. 답장을 보내자 누나는 소설을 쓰느라 힘들었겠다고 말했다. 먼저 책을 읽은 엄마의 반응과 똑같았다. 엄마에게 했던 말을 누나에게도 그대로 전했다. 읽어주길 바랐다고. 누나는 다른 말을 더 준비한 것 같았으나 나는 곧바로 화제를 돌렸다. 뱃속의 아이는 건강한지, 매형이 될 사람의 가족들과는 언제쯤 만날 수 있는지 물었다. 누나는 출산을 준비하는 일이 이렇게 힘들지 몰랐다고, 그래도 다른 아이가 도와줘서 힘을 낸다고 답장했다. 아이가 조금 더 크면 그때 자리를 마련하겠다는 말과 함께.

누나의 결혼 소식에 가장 놀란 건 엄마였다. 그리 놀랄 일은 아닌 것 같다고 말했지만 소용없었다. 이게 다 내 탓이야. 엄마는 누나를 불행한 일을 목전에 둔 사람처럼 말했고, 나는 누나가 내게 해준 말을 근거로 엄마를 달랬다. 결혼식이 급하진 않고, 사위 될 사람에게 다른 아이가 있다는 사실은 큰 문제가 되지 않으며 또한 누나의 임신은 우리 모두가 축복할 일이라고 말이다. 물론 몇 년 동안 연락이 뜸하다가 이런 소식을 전했으니 엄마의 마음도 알 것 같았다.

엄마와 누나는 자주 싸웠는데 매번 이유가 달랐다. 아니, 어쩌면 이유가 필요 없는 것처럼 느껴졌다. 어떠한 이유나 명분이 있어서 싸운다기보다 서로에게서 멀리 달아나기 위해 싸우는 것 같았다. 그럴 때면 둘은 매번 내게 연락을 해와 나는 중재를 하거나 한쪽의 편을 들었다. 언젠가 같이 살았던 시기에는, 엄마와 누나가 각자 출근을 준비하다가 싸움이 시작됐고, 내가 욕실에서 나오자 둘은 손바닥으로 서로를 밀치고 있었다. 나는 서둘러 둘을 말렸다. 분을 참지 못한 누나는 방으로 들어가 가구를 죄다 엎었다. 나는 그것들을 치우다가 정말 지긋지긋하다고 말하며 집을 나왔다. 그뒤로 둘은 한동안 내 앞에선 싸우지 않았다.

책을 출간하고 엄마의 연락을 받은 날, 나는 곧장 본가로 향했다. 대전역에서 내려 택시를 타고 집에 도착하자 현관문이 열려 있었다. 우리는 식탁에 마주보고 앉아 그동안 하지 않았던 대화를 나눴다. 그 책을 출간하고 가장 좋았던 순간이었다. 서로를 위로하는 대신, 서로의 기억들을 보충하는 대신, 서로의 미래에 대해 묻고 대답했다. 아버지와 남편을 잃은 뒤 그 일을 소설로 쓴 아들과 그 소설을 읽은 아내의 모습이라기보단, 그저 겨울이 끝나가는 길목의 햇빛이 식탁 위로 번지는 것을 유심히 바라보는 한 가족의 익숙하고 심심한 시간이 흐르는 장면에 가까웠다.

집을 나서기 위해 신발을 신자 엄마가 말했다.

누나 연락처를 차단했는데 얼마 전에 풀었어.

누나는 그간 자신이 연애하는 사람에 대해 단 한 번도 말을 꺼낸 적이 없었다. 네가 좀 물어봐. 엄마는 종종 내 등을 떠밀었다. 내가 물어본들 알려줄 것 같지 않았고, 그런 사생활까지 물어볼 정도로 가깝지도 않았다. 다만 그런 누나가 단서를 주듯 내게 넌지시 말을 꺼낸 적이 있다.

코로나19로 거리 두기가 한창인 시기, 명절을 맞아 본가에서 밥을 먹고 우리는 함께 버스 터미널로 향했다. 누나는 카드에 재난 지원금이 남았다며 편의점으로 가자고 말했다. 뜬금없이 뭘 사준다는 게 의아해서, 또 버스 출발 시각이 가까워져서 손사래를 쳐도 막무가내였다. 누나는 담배 한 보루를 사서 내 가방에 넣었다. 그러곤 조만간 자신의 편을 들어달라고 말했다. 조만간? 미처 묻기도 전에 누나는 가방 지퍼를 닫은 뒤 서둘러 편의점을 나섰다.

아버지가 세상을 떠나고 가끔 그런 생각을 했다. 남겨진 우리가 각자의 가족을 꾸리면, 그건 어떤 모습일까. 지금의 우리와 같을까.

누나는 언제 결혼을 다짐했을까.

나는 누나에게 결정적인 순간이 있었던 건지 아니면 시간이 흘러 자연스럽게 결혼에 도착한 건지 궁금했다. 아마도 자신에게 생긴 새로운 가족을 갑작스럽다고 여기진 않았을 것이다. 누나는 어떤 일이든 충분히 고심한 뒤 결론을 내리고 나서야 말하는 성격이었고, 그래서인지 말수가 적었지만 나는 누나의 그런 점을 닮고 싶었다. 우리는 남매라고 불리기엔 얼굴에 닮은 구석이 하나도 없어서 사람들을 놀래켰다. 함께 초등학교에 다닐 때 누나는 복도에서 나를 마주쳐도 모르는 척했다. 동생인 나를 창피해하는 건가 아니면 단지 집에서 보는 애를 학교에서 또 보자니 귀찮은 것뿐일까 생각하면서 내심 서운했다. 그러다 어떤 형에게 이유 없이 계단에서 얻어맞을 때 누나가 달려와 그의 머리카락을 양손 가득 뽑아버리는 모습에 서운함을 거둘 수 있었다. 나는 그 뒤로 복도에서 누나를 마주치면 무작정 쫓아갔다.

아버지가 농약을 마신 뒤에 누나가 병원에 어떻게 왔는지는 기억나지 않는다. 대학 방학을 맞아 아르바이트를 하던 중이었을 것이다. 누나는 장례식장에서 엄마를 원망했다. 가족을 버렸다고. 아니다. 엄마는 가족을 버리지 않았다. 아버지도 마찬가지이며, 자식들은 모르는 둘의 관계성이 가족이라는 집단에 작용한 것이다. 물론 나 역시 당시엔 그런 생각을 하지 못했다.

언젠가 누나는 평생 독신으로 살겠다고 말한 적이 있다. 아버지에 대한 기억이 영향을 미쳤을 것 같아 이유를 물어보진 않았다. 누나의 입으로 직접 꺼내는 그 말을 듣고 싶지 않았다. 그건 너무 슬프고 상상하기 싫은 일이니까. 나는 누나에게 다른 또래처럼 사랑을 나누고 미래를 꿈꿀 수 있는 시간이 마련되기를, 우리 가족이 누나의 사랑에 약점이 되지 않기를 바랐다.

스무 살 때, 누나는 하루종일 방에 틀어박혀 운 적이 있다.

왜 똑같은 옷만 입고 출근해?

고등학교 졸업 후 조건이 꽤 괜찮은 읍내의 회사 사무실에 취직한 누나는 첫 월급을 받은 날 상사와 저녁을 먹었다. 그는 누나와 같은 여고를 졸업한 선배였다. 누나가 옷과 화장에 관심이 없었다기보다, 가족 중 누구도 회사생활을 해본 적이 없어서 회사생활에 도움이 될 만한 말을 해줄 수가 없었다.

다음날 엄마는 난생처음 신용카드를 만들었다. 회사에 가기 싫다는 누나를 이끌고 읍내에서 가장 비싼 여성복 가게에 들어갔다. 상의 일곱 벌, 하의 일곱 벌을 산 뒤 택시에 쇼핑백을 실었다. 그해 가을, 엄마는 카드값을 갚기 위해 가까운 수련원 식당에 들어가 가을 내내 일했다. 그때 산 옷들은 먼 훗날 닭장을 따듯하게 만드는 용도로 쓰였다.

2

열일곱 살 여름, 집에서 기르던 동물을 직접 죽인 적이 있다. 우리집 마당 한쪽에는 닭장이 있었다. 무더운 여름이 시작되면 아버지는 닭을 잡아 털을 뽑고 내장을 꺼냈다. 엄마에게 건네면 뽀얗게 익은 닭이 은색 쟁반에 담겨 나왔다. 하지만 그날은 평소와 분위기가 달랐는데, 산골짜기를 따라 땅거미가 흘러내리는 저녁 무렵 아버지가 마당으로 나오라며 나를 불렀다. 아버지는 내게 망치를 쥐여줬다. 나는 그게 무슨 뜻인지 처음에는 이해하지 못했다가, 아버지가 손가락으로 닭장을 가리킨 뒤에야 상황을 알아차렸다.

너도 이 과정을 알아야지.

닭의 머리를 망치로 때리고, 뜨거운 솥에 넣었다가 깃털을 뽑고, 배를 갈라 피를 쏟고, 내장을 꺼낸 뒤 입으로 들어가는 과정을. 나는 아버지가 알려주는 대로 차분히 그 과정을 수행했다. 아마도 여느 여름날처럼 깨끗하게 쟁반을 비웠을 것이다. 마치 내게 아무 일도 일어나지 않은 것처럼. 그저 배가 많이 고팠던 것처럼.

그러다 둘은 돌연 말다툼을 시작했다. 이제 중학생인 애한테 그런 일은 시키지 말라고, 다른 집처럼 시장에서 닭을 사오자고 엄마가 말을 꺼내자, 삼키기 힘든 무언가가 목구멍에 걸린 듯이 아버지는 낮게 기침했다. 긴 말다툼이 이어지는 동안 아버지는 소반 아래 놓인 망치를 만지작거렸다. 아직 피가 씻기지 않은 망치를 들었다 놨다 하며 무언가를 주저하고 있었다. 나는 아버지가 아무것도 선택하지 않길 바랐다. 엄마가 어떤 말을 꺼내려고 하자 아버지는 망치를 들고 소반을 내리쳤다. 목적과 효과가 분명한 행동이었고 엄마는 아버지를 향해 동물도 잡는데 사람은 못 잡겠느냐며 소리를 질렀다. 아버지는 망치를 높이 들었다. 다음 차례는 너라는 듯이. 노을빛으로 물든 하늘이 언뜻 보였다. 이후 싸움이 어떻게 수습됐는지는 기억나지 않는다. 다만 누군가가 다치거나 비명을 지르는 일은 일어나지 않았다. 마당 여기저기로 날아간 닭 뼈를 그릇에 주워 담으며 그들은 서로를 향해 사과했다.

밤이 되기 전 우리는 집을 나섰다. 뒷산에 위치한 계곡에 가서 물에 발을 담갔다. 작년보다 물이 미지근한 것 같다고 엄마가 말하자 아버지는 가까운 시일 내에 다른 계곡으로 놀러가자고 말했다. 조금 전 벌어진 일에서 필사적으로 멀어지려는 듯이 둘은 잠깐의 침묵도 허용하지 않은 채 대화를 이어나갔다. 나는 아슬아슬하고 위태로운 기분과 어지럼증을 느끼며 웃어 보였다.

집으로 돌아가자 오랜만에 집에 온 누나가 내게 무슨 일이 있었는지 물었다.

그런 자리에 혼자 있게 해서 미안해. 다음엔 같이 있을게.

약속을 지키지 못하더라도, 나는 누나가 그런 말을 해주는 게 좋았다.

당시 나는 도시에 있는 고등학교로 진학이 결정된 상황이었다. 청주에서 가장 규모가 큰 실업계 고등학교였다. 중학교 성적은 좋지도 나쁘지도 않은 애매한 수준이었고 장래 희망 같은 것도 없었다. 그저 하루빨리 시골을 벗어나고 싶은 생각뿐이었다. 이렇게 살다간 그곳을 영영 떠나지 못할 거라는 예감이 들었다. 그곳의 학교들은 유치원과 초등학

18

교, 중학교가 한 반으로만 구성되었는데, 이 말인즉슨 학년이 바뀌어도 똑같은 얼굴을 계속 봐야 한다는 뜻이었다. 어느 날 나는 그 사실이 견딜 수 없을 정도로 소름 끼쳤다. 예정된 미래에서 한 치의 어긋남 없이 영원히 살아갈 것만 같았다.

엽은 고등학교에서 처음 사귄 친구였다. 입학식 날짜에 맞춰 새로운 교복을 준비하지 못해 중학교 교복을 그대로 입고 갔을 때, 그는 청주에서 못 보던 교복이라며 처음 말을 걸었다. 여드름 하나 없는 하얀 얼굴에 잘 다려진 셔츠. 엽의 첫인상은 내가 처음 겪는 도시의 분위기와 맞물렸다. 야산과 농막은 보이지 않고 평평한 아스팔트와 회색 벽돌의 건물들로 조성된 도시. 그런 단정함. 나는 엽이 계속 말을 걸어주기를 내내 기다렸다. 교실 구석에 앉은 나를 바라보길, 방과후에 함께 시내에 가자고 물어주길.

엽에 대한 이야기를 시작한 이유는 가족을 제외한 타인에게 처음으로 가족보다 더 가족 같은 감정을 느꼈기 때문이다. 나는 엽의 가족 일원이 되고 싶었다. 아니면 엽과 가족이 되고 싶었다. 막연하고 무모하게. 내 기억 속 엽은 그 누구보다 나의 정체성이 형성되는 데 큰 영향을 미쳤다.

무심천에 줄지어 선 벚나무가 서서히 다른 계절을 준비할 즈음 엽은 나를 집으로 초대했다. 나는 그가 어떤 집에서 사는지 내내 궁금했다. 엽은 시골에 살다 온 내가 봐도 비싸보이는 신발과 가방을 가졌고, 매점에서는 망설임 없이 지갑을 열었으며, 담배를 보루로 들고 다니면서 친구들에게 나눠줬다. 아버지가 국회의원이다, 레스토랑을 여러 지점 운영한다, 건물주다 등 소문이 무성했는데 언젠가 우리 반 1번부터 52번까지 각자 부모님의 직업을 말할 때 엽은 대답을 흐렸다.

　작은 사업을 하십니다.

　선생님은 더 묻지 않았다. 나는 내 차례가 왔을 때 거짓말을 했다. 아버지는 미화원입니다, 라고 말하지 않았다. 엽의 말을 그대로 따라 했다.

　시골에서 사업을 하십니다.

　어떤 사업?

　작은 사업이요.

　선생님은 수업이 끝나면 교무실로 따라오라고 말했고, 집 사정 다 아는데 왜 거짓말을 하느냐며 손바닥을 때렸다.

　엽의 집은 도시 변두리에 위치한 이층 주택이었다. 늦은 밤 주택 외부에 설치된 계단을 통해 엽의 방이 있는 이층으로 들어갔다. 우리는 침대에 나란히 누워 밤새 떠들다가 잠들었다.

다음날 문을 두드리는 소리에 잠에서 깼고 어머니와 처음 인사했다. 일층으로 내려가자 커다란 식탁에 닭이 놓여 있었다. 엽의 부모님이 자리에 앉자 곧 다른 방에서 엽의 누나가 나왔다. 그들은 모두 나를 반갑게 대했다. 따듯하고 부드러운 온기 같은 것이 나를 감싸는 듯한 착각이 들었다. 나는 너무도 편하게 밥을 먹었다.

그러다 문득, 마당에서 닭을 죽이고, 부모님은 서로를 죽일 듯이 노려보고, 몇 시간 뒤 아무 일도 벌어지지 않았던 것처럼 일상으로 돌아왔던 그때 그 기억이 떠올랐다.

창피함.

막연한 부러움.

무엇보다, 그런 감정을 느낀 나에 대한 수치심과 함께.

엽의 집에서 처음 잠을 잔 이후 그 집으로 놀러가는 일이 부쩍 잦아졌다. 내가 기숙사에서 산다는 말을 들은 엽의 어머니가 객지생활도 힘든데 밥이라도 잘 먹어야 한다며 엽을 부추겼기 때문이다. 엽을 귀찮게 한 것 같아 제안을 거절했지만 그 역시 어머니와 같은 생각이라고 말했다.

자주 보면 좋지.

우리는 수업을 마친 뒤 함께 엽의 집으로 가서 자주 저녁을 먹었다. 밥을 먹은 뒤에는 거실 소파에 앉아 티브이를 보거나 장기를 뒀고, 엽의 아버지가 늦게 퇴근하면 현관문으로 가 인사했다. 어느 날부턴가 내 슬리퍼가 마련되어 있었는데 엽의 누나가 사온 거였다. 엽의 생일에는 직접 케이크를 자르다가 나도 이 집에서 살고 싶다고 생각했다. 토요일이 되면 집에 내려오라는 부모님과의 약속을 언젠가부터 지키지 않았다. 버스 터미널까지 갔다가 엽의 집으로 돌아가는 일이 부지기수였다. 아버지가 빚을 내서 사준 최신 기종 휴대폰으로 집에 전화를 거는 대신 엽과 매일 연락했다.

엽이 몸살에 걸려 등교를 하지 않은 날, 점심시간을 알리는 종이 울렸을 때 급식을 먹고 싶지 않아 학교 밖으로 나섰다. 그 시간쯤이면 천원짜리 햄버거를 파는 아저씨가 후문에서 아이들을 상대하고 있었는데 그날은 보이지 않았다. 아저씨를 기다리는 동안 등에 땀이 줄줄 흘렀다. 일주일만 지나면 여름방학이었다. 방학을 기다리는 이유는 엽이 방학을 맞아 내가 사는 동네에 가보고 싶다고 말했기 때문이었다. 엽의 부모님도 아예 며칠 지내다가 오는 것도 좋겠다고 말했다. 어디를 데려가면 좋을까 생각하는데 인기척이 느껴져 고개를 들었다. 햄버거를 파는 아저씨는 아니었고, 엽과 함께 중학교를 다닌 친구들이었다. 그들은 후문 옆 사람들의 시선을 피할 수 있는 공간에서 담배를 꺼내며 멀찍이서 나를 바라봤다.

너 이리 와봐.

나는 움직이지 않았다.

한엽이 옆에 붙어다니는 게 너 맞지?

내가 가지 않자 그들 중 한 명이 담배를 발로 비벼 끄고 다가왔다.

촌뜨기 새끼야. 걔 이상해졌잖아.

갑자기 배를 때렸고 침이 왈칵 쏟아질 정도로 아팠다. 나도 그를 때리자 구경만 하던 친구들이 달려들었다. 잠시 후 햄버거 아저씨가 나타나 학생주임 연락처를 안다며 으박을 질렀다. 그들은 서둘러 자리를 벗어났고 나는 바닥에 넘어진 채로 한동안 일어나지 못했다. 아저씨가 바구니에서 햄버거 하나를 꺼내 건넸다. 주머니에 분명 천원짜리가 있었는데 어딘가에 떨어진 건지 보이지 않았다.

그냥 먹어. 괜히 쟤네랑 어울리지 말고.

옷에 묻은 흙을 털고 벤치에 앉았다. 햄버거를 한입 베어 물자 빵에 피가 묻어났다. 씹지도 않고 삼켰다. 뭘 삼키는

지도 모르고 계속 삼켰다. 엽이 문자를 보냈다. 나 여름 감기래. 여름, 감기. 문득 두 단어가 이상하리만큼 멀어 보였고, 그 거리감만큼 학교가 낯설어졌다. 수업에 들어가지 않았다. 가방에 든 것도 없어서 그 상태로 학교를 나왔다. 시내로 이어지는 지하상가에 들어서자 상급생으로 보이는 학생들이 여럿 지나갔다. 고개를 숙였다. 오락실에서 격투 게임을 하고 노래를 불렀다. 코인 노래방 옆 칸에는 서로 다른 학교 교복을 입은 학생들이 손을 잡고 있었다. 내게 들어오라고 눈짓하는 것 같았다. 화장실에서 거울을 보자 왼쪽 볼에 피딱지가 생겼고 흙바닥을 구른 듯 옷이 더러워져 있었다. 세수를 하기 위해 재킷을 벗었다. 수도꼭지를 돌리자 녹물이 나왔다. 여학생들과 남학생들이 한꺼번에 화장실에 들어왔는데 그중 하나가 나를 위아래로 훑으며 웃었다. 나는 서둘러 화장실을 빠져나왔고 얼마 후 재킷을 두고 왔다는 사실을 깨달았다. 다시 돌아가지 않았다. 이른 오후임에도 어딜 가든 교복을 입은 학생들이 보였다. 밤이 되도록 걷다가 기숙사로 향했다.

함께 방을 쓰는 현은 청주보다 작은 소도시 출신으로 매사 말수가 적고 조용했다.

점호에 늦을 뻔했어.

룸메이트가 없으면 함께 감점을 받기 때문에 곤란했을 것이다. 현과 나는 연락처도 주고받지 않아서 어쩌면 체념하고 있었을지 모른다. 내가 사과하자 그는 내 얼굴을 빤히 봤다. 그러곤 서랍에서 연고를 꺼내 건넸다. 나는 서둘러 옷을 갈아입은 뒤 점호에 참석했고 사감은 졸린 눈을 비벼가며 건성으로 인원을 파악했다.

기숙사는 2인 1실로 일층은 야구부, 이층부터 사층까지는 학년 구분 없이 방이 배정됐다. 대부분 다른 지역에서 온 학생들이었는데 그들의 대화 주제는 대개 적응과 소외에 관한 것이었다. 전학으로 기숙사를 나가는 학생이 있는가 하면 자취를 시작해서 짐을 빼는 학생도 있었다. 나는 후자에 해당하는 학생들을 볼 때마다 어떻게 부모님을 설득해서 독립하게 됐는지 묻고 싶었다.

돈이 많거나 거짓말을 했거나.

공동욕실에서 양치를 하며 현은 심드렁하게 말했다.

우리집은 대추 팔아서 등록해준 거야.

현의 집은 과수원을 크게 했고 가끔 서랍에서 대추 몇 알을 꺼내주곤 했다.

너도 나가려고?

침대에 누운 현이 물었다.

걔네 집에 남는 방 없대?

기숙사를 나가서 살고 싶다는 생각은 들었는데, 현과의 생활이 불편해서가 아니라, 점호가 싫었고 월마다 청소 구역이 바뀌는 것도 싫었으며 무엇보다 정해진 시간에 맞춰 불을 끄고 켜는 일이 싫었다.

미리 군대 체험하는 거라고 생각해, 나는.

현이 이런 말을 하게 만드는 곳이라 더 싫었다.

현은 가업을 이어받기 위해 농업고등학교에 진학하려고 했으나 한 번쯤은 부모님의 의사에 반하고 싶었다고 했다. 외동인 자신이 마치 증조할아버지 때부터 시작된 과수원을 이어받기 위해 태어난 존재처럼 느껴졌고, 예정대로라면 한 치도 어긋나지 않았을 삶의 경로를 조금은 비껴가길 원했다고 덧붙였다. 성적이 좋아 인문계에 갈 수도 있었지만 농업이든 공업이든 기술을 배우라는 아버지의 말까진 못 들은 척할 수 없었다고. 졸업 전까지 자격증을 열 개 이상 취득하는 것이 현의 목표였다.

나갈 거면 미리 말해줘. 나도 새 룸메이트 찾아야지.

현에게 낮에 있었던 일을 말할까 고민하다가 잠에 들었다.

졸업 직전, 조기 취업한 현은 공장에서 크게 화상을 입고 병원에 입원한다. 나 또한 다른 공장에서 일을 하던 때라 현의 사고 소식은 몇 년이 지나고서야 알게 됐다. 누군가는 그를 졸업식에서 봤다고, 누군가는 생명이 위독해 미국에 있는 병원으로 옮겼다고 말했다. 어릴 적 사진들이 담긴 상자에는 기숙사 앞에서 현과 함께 찍은 폴라로이드 사진이 있다. 누가 찍었는지, 어떤 날이었지는 기억나지 않는다. 소설을 구상하다가 그가 떠올라 상자를 열었고 해상도 낮은 사진이 거기 있었을 뿐이다. 이런 사진과 내 기억 속을 헤집는 것 말고는 나는 그를 찾을 수 없다. 엽도 마찬가지다. 혹은 많은 사람들이.

엽은 자신이 없는 학교가 심심하지 않았냐고 물었다. 얼굴에 있던 상처는 하루 만에 아물었고, 급식소에서 그들을 다시 마주쳤지만 엽에게는 말하지 않았다. 그들은 태연한 얼굴로 다가와 인사했다. 내게 적의가 없다는 듯이, 나를 반긴다는 듯이.

너희 내가 서로 소개해준 적 있나?

엽의 말에 그들은 대충 둘러댄 뒤 급식실을 빠져나갔다. 고개를 갸우뚱하던 엽은 나와 그들을 번갈아 보다가 배식판을 들었다. 내 입으로는 먼저 말하지 않을 생각이었다.

학교를 마치자마자 버스 터미널로 향했다. 고모가 집에 온다는 연락을 받았다. 다른 날이라면 여러 변명을 만들어서 가지 않았겠지만, 나는 고모를 좋아했다. 아버지와의 싸움에서 유일하게 지는 적이 없는 사람이었다. 그래서 그들의 관계는 다른 친척들과 상이한 것 같았다. 아버지가 병원에서 숨을 거두기 직전까지 고모는 입원을 고려해야 할 정도로 충격을 받아 순식간에 건강이 악화됐다. 어찌됐건 고모는 내게 휴대폰이 생긴 건 어떻게 알았는지 학교 끝나는 대로 내려오라고 문자까지 보냈다.

시골에 가기 위해선 중간에 작은 읍을 지나는데, 그 터미널에 정차하면 같은 반이었던 친구들이 버스에 오르곤 했다. 그러니까 여전히 그곳에 사는 친구들. 그곳에서 자란 어른들이 물려준 교복을 입은 친구들. 우리는 마주쳐도 서로에게 질문하지 않았다. 말하지 않아도 이미 어떤 대답들을 들은 것 같았다. 종착지에 도착한 뒤에는 비슷한 골목으로 향하는 걸 알지만 누군가는 빠르게, 누군가는 느리게 거리를 조절하며 걸었다.

대문을 열자 처음 보는 강아지가 마당을 가로질러 뛰어나오더니 다리에 몸을 비볐다. 하얗고 털이 많은 강아지는 너무 작아서인지 제 몸을 가누지 못했고 만지려고 하자 손가락을 물어댔다.

이빨이 가려워서 그래.

고모는 현관문을 반쯤 열고 말했다.

어미가 집을 나가서 안 온다. 젖떼는 시기는 지난 것 같은데. 오빠더러 키우라고 데려온 거야.

여름만 되면 트럭을 몰고 동네를 도는 개장수의 목소리가 환청처럼 들려왔다. 이 동네에선 아무도 개에게 정을 붙이지 않았다. 나는 그것을 열다섯 살이 되기도 전에 알았다. 해가 중천에 떠 있을 때 뒷산에 있는 친구 집에 놀러갔다가, 개 목에 밧줄을 걸고 나무에 매다는 광경을 봤다. 개는 허공을 달리듯 바둥거렸지만 친구의 아버지는 신경쓰지 말고 방에서 놀라고 했다. 문지방 너머로 개의 울음소리와 나무에 몸이 부딪히는 소리가 들려왔고, 당장 나가서 밧줄을 끊고 싶었으나 친구는 조용히 나를 말렸다. 친구 집에는 최신식 컴퓨터가 있었다. 나는 게임을 했지만, 하지 않은 것과 마찬가지였다. 땅거미가 질 무렵 집으로 가기 위해 방문을 열자 지상에 존재하는 모든 소리가 처음부터 없었던 것처럼, 기괴하고 낯선 침묵이 짙게 깔려 있었다. 신발끈을 묶는 손이 덜덜 떨렸다. 친구는 나무를 가리려는 듯 내 앞에 섰지만,

그의 어깨 너머로 혀를 길게 늘어뜨린, 아니 모든 것을 늘어
뜨린 개가 어떤 힘에 의해 흔들리고 있었다. 나는 그 힘이
무엇이었을지, 그 힘에 의한 궤적과 음영이 그해 여름 내내
떠올랐고, 첫눈이 올 때까지 자주 고열에 시달렸다. 엄마는
나를 한의원에 데려가 침과 뜸으로 치료를 받게 했지만 낫
지 않았다. 잉어와 쑥을 달인 한약을 반년 동안 마셨다. 그
런 것들로 나아지지 않았다. 그때부터 다른 집처럼 나 역시,
그저 낙엽을 쓸고 눈을 치우듯, 개에게 사료를 주고 배설물
을 버렸다. 나는 고모가 다시 강아지를 데려가면 좋겠다고
생각했다.

누나는요?

같이 안 왔어. 시험 기간이란다.

밖에서 오토바이 소리가 들렸다. 대문을 열고 들어온 아
버지는 내게 오랜만이라고 말하며 그릇에 물을 담아 강아지
에게 가져다줬다.

그거 봐. 네 아빠가 벌써 챙긴다.

이 마당에서 서른 마리는 족히 키웠어.

아버지는 강아지를 바라보지 않고 말했다. 집안에 있던
엄마가 나와 아버지가 주는 봉지를 받아들었다. 내용물이
무엇인지는 안 봐도 알 수 있었다. 손님이 오면 매번 사오는

돼지 엉덩잇살이었다. 오천원이면 두 끼는 배부르게 먹을 수 있을 정도로 양이 많았다.

너는 연락하라고 휴대폰 사줬더니 왜 전화도 안 하니. 도착했으면 전화 좀 하지.

엄마는 내 팔을 꼬집는 시늉을 했다.

그날 어른들은 늦은 밤까지 잠들지 않았다. 나는 적당히 앉아 있다가 방에 들어갔다. 집을 떠난 지 불과 반년도 되지 않았지만 왠지 낯설어 쉽게 잠들지 못했다. 곰팡이 자국으로 군데군데 물든 천장이 보였다. 오래 들여다보면 사람 얼굴 같아서 어릴 땐 고개를 돌리고 잤다. 엽의 방 천장이 떠올랐다. 하얗고, 매끈하고, 얼룩이나 자국은 볼 수 없는 깨끗함. 엽이 생각나 그에게 문자를 보냈다.

3

시간이 흘러 성인이 되고 몇 차례 연애를 거치는 동안 결혼까지 생각한 상대는 준이 유일했다.

준에게 가장 중요한 건 가족이었다. 그는 가족과 함께 해외여행을 많이 다녔고 나는 그 점이 매번 놀라웠다. 준과 달리 나는 오키나와에 한 번 다녀온 것이 전부였다. 준은 대학교에 다닐 때부터 독립을 했음에도 일주일에 세 번은 본가에 가서 시간을 보냈다.

내 방까지 지하철을 타고 가는 기분이야.

실제로 두 정거장밖에 떨어지지 않은데다 집세마저 부모님이 부담했다. 자립심을 키울 목적으로 독립했지만 오히려 외로움만 커졌다고 내게 말했다.

나는 준이 집을 비우면 며칠 동안 그가 없는 집에서 그를 기다렸다. 준은 가족과 함께 먹은 음식 사진을 보내거나 건너편에 앉은 가족을 찍어서 보냈다. 준의 오빠를 찍을 때면 자꾸 움직이는지 초점이 나간 사진이 많았다. 아버지는 항상 입술을 꾹 다문 표정이었고 어머니는 자연스럽게 웃었다. 나는 사진들을 한 장씩 넘기며 축구 잡지를 읽었다. 책장에 잡지가 빼곡하게 꽂혀 있었지만 준은 축구 중계를 보지 않았다. 보지 않는 정도가 아니라 선수들이 왜 저렇게까지 뛰는지 이해가 안 된다고 말했다. 어느 날 준은,

　왜 안 물어봐? 딱 봐도 내 거 아니잖아.

　아니겠지.

　전 애인이 두고 간 거라면?

　나는 별다른 대답을 하지 않았다.

　엄마가 집에 두면 버린다고 해서 오빠가 여기 둔 거야.

　잡지를 펼치다보면 준의 오빠가 숨겨둔 지폐가 간혹 바닥으로 떨어지기도 했다.

　준이 없는 집에서 그를 기다리는 일이 좋았다. 시간이 조금 더디게 흘러가면 좋겠다고 생각했다. 방을 환기하기 위해 창문을 열 때면 골목 아래에서 그가 손을 흔드는 것만 같았고, 혼자 잠드는 새벽에는 아침이 되기 전 조용히 이불 속

으로 들어와 옆자리에 누워 있으리라는 착각도 들었다.

준과는 등단하고 삼 년 정도 지났을 때부터 만났다. 그즈음에는 내가 쓴 모든 글이 마음에 들지 않았다. 글쓰기를 거의 잊고 살았다. 잡지 몇 군데에 소설을 발표했지만 반응이랄 게 없었다. 소설을 발표하며 활동하기 시작한 잡지가 폐간되는 바람에 첫 소설집 출간도 기약이 없었다. 열등감, 초조함, 머무르지 못하고 어딘가 붕 떠 있는 기분으로 하루하루를 보냈다. 신인 작가들에게만 주어지는, 상금이 큰 상을받는 꿈도 꿨다. 꿈에서 웃고 현실에서 웃지 않았다. 머리가 복잡할수록 몸을 움직였다. 논문을 검수하는 회사에서 열두 시간씩 모니터를 들여다봤다. 문제집을 만들고 아파트 건설 현장에 갔다. 생동성 알바는 검색만 하다가 신청하지 않았다. 일을 하느라 준을 만나는 시간이 자연스럽게 줄어들었다. 그는 당시 내게 이제 글은 쓰지 않기로 한 건지 물었다.

쓸 거야, 쓰고 있어.

준은 믿지 않는 눈치였다. 그는 그간 내가 쓴 글에 대해 말을 보태지 않았다.

네가 썼으니까 네가 쓴 거구나 싶어.

그게 다였다.

한번은 우연히 준의 가족과 마주친 적이 있다. 늦은 밤 커피를 마시기 위해 함께 스타벅스에 갔다. 준은 배가 고프다고 말했고 번화가에 위치한 찜닭 가게로 걸어갔다. 간장으로 양념한 찜닭이 꽤 유행하던 시기였는데 그래서인지 어딜 가든 찜닭이 적힌 간판을 볼 수 있었다. 테이블에 앉아 음식을 고르던 중 문 열리는 소리가 들리자 그는 아, 라고 말했다. 고개를 드니 사진으로만 봤던 준의 가족들이 들어오고 있었다. 나는 자리에서 일어났다. 어머니가 동석을 제안하자 준은 단칼에 거절하며 계산만 해달라고 말했다. 내가 그의 애인이라는 사실은 이미 알고 있는 것 같았다.

밖에 나갈 땐 운동화 신으라니까.

집 앞이잖아.

너 욕실에서 샤워하고 갔더라. 너희 집에서 하라고.

뭐 시켰어? 더 시켜.

이분 불편하시겠다. 맛있게 먹어요.

인사를 제대로 할 틈도 없이 그들은 다른 테이블로 향했다. 준의 아버지는 내게 할말이 있는 것처럼 보였지만 준이 등을 떠미는 바람에 입을 떼다 말고 돌아섰다. 다른 테이블에 앉아서도 나를 바라보는 시선이 느껴졌다. 준이 모기를 쫓듯 허공에 손을 휘두르자 준의 어머니는 아버지의 등을 때렸다. 그런 준의 가족들이 꽤 유쾌해 보였다. 우리 가족은 일 년에 세 번만 만났다. 설날과 추석 그리고 아버지 기일. 우리는 오랜만에 만나도 웃을 일이 없었는데, 특히 누나는 아버지 기일마다 울었다. 제사상에 술을 몇 잔 올리고, 망자가 밥을 먹는 시간이 오면, 누나는 여느 때와 마찬가지로 벽에 기대앉아 조용히 훌쩍였다. 아버지의 장례를 치르는 며칠간은 너무 울어서, 고모는 큰 소리로 야단을 쳤고, 그러다가도 물을 갖다주며 서로 어깨를 붙잡고 울었다.

누나는 읍내에 있던 회사를 그만둔 뒤 이듬해 대전에 있는 대학에 입학했는데, 마침 고모 아들이 기숙사에 들어가면서 방이 남아 거길 썼다. 누나와 형은 동갑이었지만 아버지는 고모에게 절대 자식처럼 생각하지 말라고 당부했다. 고모는 그 말을 지키지 않았다. 누나와 함께 취미를 갖고, 누나가 새벽에 귀가하면 혼을 냈으며, 누나의 일로 엄마와 자주 통화했다.

준과 다르게 내가 경험한 가족은 불행한 기억으로 한데 묶인 매듭 같았다. 풀 수 없고, 다시 묶을 수도 없는 매듭. 나는 보편적인 가정환경에서 자라지 않은 만큼 언젠가 아버지처럼 가족을 해체시킬 어떤 결함이 내게도 있을 거라고 생각했다. 화목하고 단란한 가족을 상상하면 왠지 모르게 쓸쓸해졌다. 그런 가능성은 내게 애초부터 부여되지 않은 것 같았다.

어쨌거나 준의 가족을 우연히 만나고 집으로 돌아가는 길에 준은 나중에 정식으로 자리를 마련해보는 것은 어떤지 물었다.

우리 아빠 대학생 때 데모하면서 소설책 끼고 살았대.

어떤 소설을 읽었을까. 몇 권의 책이 머릿속에 떠올랐다. 대답을 고민하는 동안 집에 가까워졌다. 아침 일찍 학교로 출근하는 준은 밤새 영화를 보고 싶다고 말했다. 씻고 나오는 사이 준은 리모컨을 손에 쥔 채 소파에 잠들어 있었다. 나는 그 옆에 등을 기대고 앉아 그가 재생한 영화를 끝까지 봤다. 여행지에서 우연히 만난 두 인물이 하루를 함께 보내다가 자신의 일상으로 돌아가는 내용이었다. 그들은 헤어지기 전 지금의 기억을 평생 간직하겠다고 다짐한다. 예전에 극장에서 함께 본 영화였는데, 준은 그들의 선택이 현실적이라 좋았다고 말했다. 준은 그들의 이별을 이해했고 나는 반대였다. 그들의 선택은 영화적이었다. 그들의 인연이 더 이어진다면, 그러니까 서로의 생활에 진입하기로 결정한다면 전혀 다른 인생을 살게 될 것이고 그건 꽤나 현실적이라 재미가 반감됐을 거라고 말이다. 하지만 영화를 다시 보니 생각이 바뀌었다. 그들은 충동적인 사랑보다 각자 보존해야 할 일상의 크기가 더 컸고 헤어질 수밖에 없었다.

현실적이라 좋다. 현실적인 건 좋은 거였어.

잠든 준을 향해 말하자 몸을 뒤척였다.

준의 집에서 며칠을 지내다가 혼자 사는 집으로 돌아가는 길에 누나의 전화를 받았다. 결혼할 사람의 가족과 식사하는 자리를 마련하려는데 가능한 날짜를 알려달라는 얘기였다. 현관문 앞에는 택배 상자들이 쌓여 있었다. 나는 그것들을 대충 집안으로 밀어넣었다. 슬리퍼를 신자 방바닥의 한기가 그대로 전해졌다. 오랫동안 보일러를 틀지 않았다는 사실이 떠올랐다. 밤이 더 깊어지기 전에 보일러 전원을 켰다. 누나는 혹시 못 먹거나 가리는 음식이 있는지 물었다. 괜스레 불편했다. 내게도 어떤 절차와 예의를 갖추려는 것 같았다. 안 본 사이 다른 사람처럼 느껴지는 게 자연스럽다면 자연스러운 일이겠지만, 나를 더 편하게 대해주면 좋겠다고 생각했다.

동생 맞아?

휴대폰 너머로 낯선 목소리가 들려왔다. 누나가 말한 사람이구나. 나이는 동갑, 초등학생인 아들이 있으며, 한 직장에 오래 다녔다는 사람. 누나가 알려준 그에 대한 설명은 이게 다였다. 그는 술을 마신 듯 발음이 부정확했다.

지금 보자고 해.

그를 말리는 듯한 누나의 목소리 역시 평소 같지 않았고 그제야 앞선 상황이 이해가 갔다. 그래도 술김에 연락한 건 아니겠지. 다른 일도 아니고 가족들이 처음 보는 자리인데. 누나의 어어, 하는 소리가 점점 멀어졌다.

나 매형 될 사람이에요.

나는 고민할 것도 없이 거절했다. 그가 무례하다곤 생각하지 않았다. 왕십리에서 부천까지 못 갈 거리도 아니지만 이렇게 갑작스럽게 마주하고 싶진 않았다. 그렇다고 격식을 차린다거나 마음의 준비가 필요하다는 건 더더욱 아니었다. 누나의 결혼 소식을 듣고 얼마 뒤 엄마는 내게 말했다. 아빠 대신 네가 해야 돼. 뭘 하면 좋을지 몰라도 그것에 대해 생각할 시간은 필요했다. 그런 자리에서의 그런 역할이 어떤 것일지 떠올려봐도 도통 가늠이 되질 않았다. 누나는 급하게 사과한 뒤 서둘러 통화를 종료했다.

나 같으면 갔다.

준은 짐짓 심각한 표정을 지으며 턱에 손을 괴고 말했다.

뭐하러.

봐야지. 어떤 사람인지.

내가?

그럼 누가.

날이 선선해서인지 한강 공원에는 돗자리를 깔고 앉은 사람이 많았고, 우리는 캔맥주를 손에 쥔 채 치킨을 기다리고 있었다. 준은 한동안 말없이 강물을 바라봤다. 나는 그런 식으로 누나의 삶에 개입하고 싶지 않았다. 가족이라는 이유로 이미 정해놓은 결정에 영향을 미치고 싶지 않았다. 반대의 경우라도 마찬가지다. 우리 가족은 어떠한 결정 앞에서도 의견을 구한다거나 자기 일처럼 머리를 맞대고 의논하지 않았다. 글을 쓰기 위해 대학에 입학했을 때에도, 등단 소식을 알렸을 때에도 마찬가지였다. 생활과 근황을 전하는 것, 그 이상도 이하도 아니었다. 더이상 뭐가 필요한지 몰랐고 알려고도 하지 않았다. 일정한 간격의 점선을 유지하는 것. 그것이 우리 가족이 지나온 시간이었다.

준은 휴대폰을 내 얼굴에 갖다댔다. 배달 기사가 근처에 도착했다는 알림에 서둘러 달려갔다. 그사이 사람이 더 많아져 잔디밭에는 발 디딜 틈이 없었다. 아이들이 맨발로 뛰어다녔다. 담요를 나눠 덮은 자매가 보였다. 준은 무인양품에서 산 토트백을 뒤져 점퍼를 꺼냈다.

이 가방, 오빠 애인이 집에 두고 갔어. 둘이 지난달에 일본 갔거든.

나는 캔맥주를 따서 준에게 건넸다.

우리도 가자.

두 달 정도 저축하면 갈 수 있을 것 같았다. 내가 대답을 고민하자 준은,

엄마 회사에서 패키지여행 보내주는데 오빠 안 간대.

그걸 내가 가라고?

싫어?

마치 친구들과 여행가는 것처럼 말해서 순간 잘못 들은 건가 싶었다.

어색해.

나 같으면 갔다.

아까도 똑같이 말했어.

준은 우리 돈을 쓸 일이 없고 공석으로 두느니 함께 가자고 설득했다. 부모님도 이미 허락했으며 내 결정만 남았다고 말이다. 가볍게 생각하면 가벼운 일이었고, 어렵게 생각하면 어려운 일이었다.

나는 며칠 생각해본다고 답했고, 그로부터 얼마 지나지 않아 준의 본가에 갔다.

4

엽은 한일 월드컵 축구 경기를 응원하기 위해 시내에 갈 거라고 말했다. 포르투갈을 상대로 하는 본선 마지막 경기였다. 수업이 끝나자마자 엽은 교복 셔츠를 벗었다. 그는 교복 안에 빨간 티셔츠를 입고 있었는데 엽뿐만 아니라 반 아이들 대부분이 같은 복장이었다. 엽은 가방에서 티셔츠를 하나 더 꺼내 내게 건넸다. 얼른 갈아입고 가자는 거였다. 남들 앞에서 옷을 벗고 싶지 않아 화장실에 다녀왔다. 엽은 남자애들끼리인데 뭘 그런 걸 가리느냐고 말했다.

동네에 오래된 목욕탕이 있었다. 마을에서 한 군데뿐이었고 명절이 가까워지면 목욕재계를 하기 위해 사람들이 모였다. 목욕을 마치고 느릅나무 아래에 앉아 꼭 병 우유를 마셨다. 친구들과도 자주 마주쳤다. 어른들은 그곳에서 안부 인사를 나누거나 아이들에게 덕담을 건넸다. 나는 아홉 살까지 아버지와 함께 목욕탕에 갔고 아버지가 먼저 나를 씻겨주면 온탕에서 기다리곤 했다. 다음해 명절이 가까워졌을 때, 아버지는 장염을 심하게 앓았다. 도저히 나를 데리고 목욕탕에 갈 수 없게 되자 엄마와 함께 다녀오라고 말했다. 그 말인즉슨 엄마와 여탕에 가라는 말이었는데 목욕탕 정문에는 '열 살 이상 남자아이는 여탕 동반 불가'라고 적힌 안내판이 붙어 있었다. 엄마는 목욕 바구니를 챙기며 내가 키가 작기 때문에 어려 보일 거라고 말했다. 나는 혼자 가서 씻고 오겠다고 했지만 엄마는 힘도 없는 애가 몸에 있는 때를 어떻게 벗길 거냐고 받아쳤다. 명절 음식을 해야 하니 서두르라고 말을 이었다. 늦은 밤, 목욕탕으로 가는 내내 친구들과 마주칠까봐 심장이 터질 것 같았다. 목욕탕 주인은 카운터에서 목을 길게 빼고 나를 의심스러운 눈초리로 내려다봤다. 엄마는 우리 아들은 작년에 초등학교에 입학했다고 말했다.

여탕에는 다행히 아무도 없었다. 엄마는 나를 먼저 씻기고는 온탕에 들어가 있으라고 말했다. 몸을 데우는 동안 엄마가 빨리 씻으면 좋겠다고 생각했는데, 그사이 누군가 문을 열고 들어왔다. 나는 최대한 보이지 않게 코언저리까지 얼굴을 물에 잠갔다. 정말 아니길 바라는 마음으로 빌었지만 잘못 본 것이 아니었다. 같은 반 친구가 엄마와 함께 욕탕으로 들어왔다. 둘은 엄마에게 반갑게 인사했고, 엄마는 손가락으로 나를 가리켰다. 나는 숨고 싶은 마음뿐이라 인사도 하지 않았다. 실오라기 하나 걸치지 않고 가족이 아닌 친구와 한 공간에 있는 상황은 처음이었다. 콧구멍에 물이 들어가 숨쉬기 힘들었다. 친구는 웃으며 손을 흔들었고 시야가 닿지 않을 만큼 떨어진 곳에서 몸을 씻었다. 나는 친구가 그때 왜 웃었는지 나중에야 이유를 알게 됐다. 수증기가 목욕탕 내부를 채우는 동안, 엄마들끼리 대화를 하느라 시간이 더 걸렸다. 나는 혹여 친구가 온탕으로 들어올까봐 엄마에게 대충 둘러댄 뒤 탕 밖으로 나갔다. 수건으로 몸을 가리고 엄마를 기다렸다. 그날은 느릅나무 아래에 가지 않고 바로 집으로 향했다. 명절이 끝나고 학교에 가자 친구는 나를 목욕탕에서 봤다고 말했고 한 학기 내내 놀림을 당했다.

이야기를 들은 엽은 내 어깨를 툭툭 치며 위로해주었다. 어쩐지 마음이 놓였다. 학교를 나서자 대형 스크린이 설치된 시내로 사람들이 몰려가고 있었다. 그렇게 많은 인파가 모인 광경은 난생처음이었다. 스피커를 통해 울리는 응원

구호 소리에 정신이 나갈 것 같았다. 키가 큰 엽은 방해 없이 경기를 봤지만 나는 앞 사람의 어깨 너머로 스크린이 겨우 보였다. 박지성 선수가 골을 넣고 히딩크 감독과 포옹할 때 엽은 주변 사람들과 손바닥을 마주쳤다. 시내 전체가 떠나갈 정도로 큰 함성이 터졌고 귀가 얼얼했다. 티셔츠가 땀으로 흥건해졌다.

경기가 끝난 뒤 엽은 집 근처 목욕탕에 가자고 말했다.

이대로 집에 갔다간 냄새나서 혼날 것 같아.

16강전도 시내에서 보자고 약속하며 서로의 등을 밀어줬다. 엽은 냉탕에 들어가더니 열탕보다 냉탕에서 오래 견디는 것이 더 어렵다고 말했다. 그리고 그 말대로 그리 오래 버티지 못하고 물 밖으로 나왔다. 목욕을 마치고는 근처 편의점에서 아이스크림을 사 먹었다.

엽의 집으로 가자 집안 분위기가 평소와 달랐다. 아버지와 어머니, 누나가 모두 심각한 표정으로 거실 소파에 앉아 있었다. 나는 엽의 방으로 향하는 계단에 서서 그들이 나누는 대화를 엿들었다. 아버지는 엽에게 친할머니의 건강이 악화돼 당장 출발해야 할 것 같다고 전했다. 회사와 학교는 어떻게 할지, 장례식장까지 준비해야 하는지 등의 이야기를 길게 나눴다. 현관문을 경계로 나는 그들과 완벽하게 분리

되어 있었다. 그들의 사정에 내가 관여하기란 불가능한 일이었다. 인기척을 들었는지 어머니는 들어와도 좋다고 말했고 나는 신발을 벗으며 거실로 들어갔다. 누나는 나를 바라보지 않았다. 얼마간의 시간이 지나고 아버지는 당장 출발하기로 결단을 내렸다. 분주한 움직임들 사이에서 내가 말했다.

저도 갈까요.

일시 정지 버튼을 누른 것처럼, 그들은 동시에 나를 바라봤다. 아버지가 다가와 내게 말했다.

우리 가족 일이야.

나도 모르는 건 아니었지만 그 가족 일에 끼어들고 싶었다. 엽은 오늘은 이만 가달라며 미안하다고 말했다. 항상 웃던 어머니도 별다른 말을 하지 않은 채 사과가 담긴 봉지를 건네줬다.

나는 봉지를 들고 엽의 집을 나섰다. 사위가 어둑해진 골목을 걸었다. 부러 기숙사 근처까지 가는 버스를 타지 않았다. 응원 열기가 채 가시지 않은 도로에는 자동차들이 경적을 울리며 지나고 있었다. 면도기를 광고하는 스크린과 색색의 네온사인들, 유행가가 흘러나오는 식당, 도시의 풍경과 시간은 나와 무관한 일처럼 느껴졌다. 봉지를 어딘가에 버리고 싶었지만 어느샌가 기숙사에 도착했다. 방문을 열었는데 현이 보이지 않아 문자를 보냈다. 현은 16강 진출 기념으로 오늘 저녁 점호는 생략한다는 공지사항을 전했다. 사감은 없고 형들과 기숙사 옥상에 있으니 바로 올라오라는 말과 함께.

옥상에는 현과 형들이 둘러앉아 있었다. 가까이 가서 보니 휴대용 가스버너 위에 양철 냄비가 올려져 있었다. 빈 소주병과 컵라면 용기, 과자 봉지도 보였다. 구운 고기 냄새가 났다.

이렇게 먹으면 맛있어.

현은 생고기에 고추장을 덕지덕지 발라 그대로 냄비에 넣고 주걱으로 휘저었다. 고기가 쪼그라들수록 냄비 바닥이 시커멓게 타들어갔다.

그거 뭐야?

누군가가 내 봉지를 가리키며 물었다. 상황을 파악하느라 대답이 늦어지자,

뭘 그렇게 삐대. 거기 서 있어.

형은 자리에서 일어나 내게 다가왔고, 현이 눈짓으로 다급하게 뭔가를 말하고 있었다. 나는 고개를 숙여 인사했다.

그러자 형은 내 얼굴 앞까지 다가와 말했다.

배에 힘을, 이렇게 줘.

무슨 말인지 이해할 새도 없이 얼굴이 옆으로 돌아갔다. 입에서 침이 길게 늘어져 바닥으로 떨어졌다.

다시.

배에 힘을 주자 형은 또 얼굴을 때렸다. 나는 봉지를 열며 이건 사과라고 말했다. 현이 벌떡 일어나 봉지를 받았고 화장실에서 함께 씻어 오겠다며 형을 말렸다. 삼층에 있는 화장실로 가는 동안 현은 입을 열지 않았다. 혀를 움직여보자 볼 안쪽이 터진 것 같았다. 화장실 안과 밖에 누가 있는지 확인한 뒤 문을 닫은 현은 말했다.

개새끼네.

나는 그가 욕하는 걸 처음 들어봤고 그것만으로도 어떤 위안이 됐다.

첫 방학을 목전에 두고는 결석하는 학생이 많아졌다. 정규 수업은 오후 두시에 마치는데다 자율 학습이 없어서인지 시간이 지날수록 빈 의자가 늘었다. 선생님들도 크게 신경 쓰지 않는 눈치였다. 누군가는 자격증을 따기 위해 학원을 갔고, 누군가는 아르바이트를 간다며 담임선생님에게 허락을 구했다. 기숙사는 방학 때도 운영됐다. 부모님은 집으로 내려오길 원했지만 나는 불쑥 검도를 배우고 싶다고 말했다. 싸움을 잘하고 싶었다. 검도를 고른 이유는, 얼마 전 교실 뒤편에서 반장과 다른 반 학생 사이 싸움이 붙었는데, 반장이 상대를 코피가 날 때까지 때린 후 굴복시킨 것을 봤기 때문이었다. 반장은 항상 가방에 검도복을 걸고 등교했다. 한 친구는 괜한 허세가 분명하다고 말해왔는데, 그애마저도 반장에게 어느 도장에 다니는지 물었다.

나는 이런 사고방식이 어른이 된 후에도 가끔 생각나곤 했다. 동경하는 누군가가 생기고, 그의 선택을 따라 하는 방식에는 어떤 순진함이 있었다. 내게는 엽이 그런 존재였지만, 엽은 축구를 좋아했기에 검도 도장에 홀로 등록하기까지 수없이 고민했다. 함께 가자고 말할까 생각했지만 결국엔 꺼내지 못했다.

등록비가 비싸서 반대할 줄 알았으나 아버지는 흔쾌히 송금해주었다. 초등학생 때 마을에 처음 생긴 태권도장에 보내지 못해 그간 마음이 쓰였었다는 사실은 엄마가 말해줘서 알았다. 도복과 죽도까지 사라며 돈을 보냈는데 난생처음 보는 큰 액수였다. 은행에서 돈을 출금해 도장까지 가는 길이 유독 멀게 느껴졌다. 관장님은 수북한 턱수염을 만지며 부모님과 통화를 시켜달라고 말했다. 오늘은 도장 뒤에서 참관만 하라는 말을 남기고 그는 사라졌다. 맨발로 바닥을 달리는 소리, 죽도가 호구를 내리치는 소리, 관원들의 기합, 규칙적인 고함이 한데 섞여, 어질어질해질 정도의 열기가 전해졌다. 나는 그 자리에서 심한 요의를 느꼈다.

매일 검도를 배웠다. 첫 주는 죽도를 머리 위로 들고 오리걸음으로 도장을 걷는 훈련을 받았고, 기초체력이 쌓인 뒤에는 기본기를 배웠다. 상대를 찌르고 베는 과정 속에서 팔근육이 단단해졌다. 밤마다 방에서 팔굽혀펴기를 하고 운동장을 뛰었다. 현은 내게 대회에 나갈 것도 아닌데 뭘 그리 열심히 하느냐고 물었다. 그는 잠들기 직전까지 소니 카세트 플레이어에 이어폰을 꽂고 영어 학원에서 배운 내용을 중얼거렸다.

처음 겪는 도시의 여름은 너무 더워서 밤이 오기만을 기다렸다. 가끔 엽과 연락을 나눴다. 엽은 아버지의 일을 돕느라 밤마다 녹초가 되어 잠든다고 했다. 아버지가 나보다 더 방학을 기다리는 것 같다고, 그래도 용돈을 많이 주는 건 좋다고 덧붙였다.

여느 때처럼 운동을 마친 뒤 도장 청소를 하고 나오던 어느 날이었다. 관장님은 관원들 중 등록 기간이 짧은 몇 명에게 청소를 맡겼다. 청소도 수련에 도움이 되니 배운다는 마음으로 바닥을 쓸고 닦으라고 말했다. 다른 관원들은 관장님의 말을 무시하고 자리를 비웠다. 나 혼자 남아 넓은 도장을 청소할 때의 그 적막함이 좋았다. 가끔은 훈련보다 그 시간을 더 기다렸다.

문을 닫고 계단을 내려가는데 누군가 나를 불렀다. 도장에서 종종 보던 형들이었다.

우리 학교 1학년이지?

그들은 계단 아래 모여 담배를 피우고 있었다. 내게 오라고 손짓했다. 가까이서 보니 나와 같은 교복을 입고 있었다.

왜 그동안 인사 안 했어.

나는 매번 그들보다 도장에 늦게 도착했기에 선배라는 걸 알 길이 없었다.

무시해?

무시하지 않았다고 말하자 죽도로 명치를 쿡 찔렀다. 몸이 구부러질 정도로 아팠지만 참았다.

이리 와. 같이 피우자.

한 번도 담배를 피운 적이 없기도 하고 배우고 싶은 생각역시 없어 거절했다. 일순 모두 굳은 표정을 지었다. 그들은자리를 옮겨 건물 뒤로 나를 데려갔다. 계속 권했다. 거절한 번에 주먹 한 번. 거절 한 번에 발 한 번. 거절을 할 때마다 주먹과 발이 날아들었다. 아프지 않았다. 끝까지 담배를 받지 않았다. 오기가 생겼는지 내 팔을 붙잡아 억지로 입에 물리려고 했다. 나는 이를 악물고 입을 벌리지 않았다. 인적이 드문 길이라 지나가는 사람도 없었다. 그렇게 얼마간 실랑이를 하느라 넷 모두 밭은 숨을 내뱉었다. 나는 그들이 제발 포기하기를 바랐다. 그때 계단에서 인기척이 들렸다. 관장님이 다시 돌아온 줄 알고 이제 기숙사에 갈 수 있겠구나 생각했다. 키가 우리보다 머리 하나는 더 큰 검은 형체가 다가오고 있었다. 그는 도장에서 배출한 전국 순위권 고등학생 선수였고, 얼마 전에도 대회에서 입상한 경력을 갖고 있었다.

관장님이 보면 어쩌려고.

형들은 내게서 멀찍이 떨어진 뒤 고개를 숙였다. 한동안 조용히 우리를 주시하던 그가 말했다.

줘봐.

누군가 담배를 꺼내 그에게 건넸다.

나 안 피우잖아. 불붙여서 달라고.

담배를 받은 그는 내게 웃는 얼굴로 다가와 손을 내밀었다. 악수를 청하는 줄 알았으나 손목에 담배를 가져다댔다.

살이 타는 냄새가 났고 정신이 번쩍 들었다. 나도 모르는 새에 눈물이 흘렀다. 그는 담배를 내 입술 가까이 대고 말했다.

또 거절하면 얼굴에 할 거야.

나는 담배를 입에 물자마자 곧바로 토하듯이 기침했다. 그는 다른 형들의 뺨을 한 대씩 때리고 자리에서 사라졌다. 손목에 동그랗게 생긴 흉터는 쉽게 아물지 않고 여름 내내 자리했다. 언젠가 엽은 피딱지가 검은 반점으로 변하는 것을 보며 꼭 무당벌레 같다고 말했다.

그 일이 있고 나서 그들은 학교에서 마주치면 내게 알은체를 했다. 교실로 찾아온 적도 있었다. 매점 심부름을 시키거나 옥상으로 불러 담배를 피우게 했다. 엽은 그들과 어떻게 아는 사이냐고 물었는데, 도장에서 만났다고 하자 중학생 때부터 평판을 익히 들어온 형들이라고 말했다. 엽은 내가 그들과 어울리는 것을 탐탁지 않아하는 것처럼 느껴졌고, 그들은 자신들과 친하게 지내면 학교생활이 편할 거라고 말했다. 나는 학교생활이 편하길 바라지 않았다. 엽과 어울리는 일만이 즐거웠다.

5

준의 성화에 백화점을 다녀왔다. 누나의 가족을 만나는 자리든, 자신의 가족을 만나는 자리든 단정한 옷이 필요할 거라고 했다. 유니클로에서 블레이저와 슬랙스를 샀다. 누나는 부담 갖지 말고 나오라 했지만 엄마는 내게 꼭 미용실에 다녀오라고 당부했다. 미용실 직원에게 상견례에 어울리는 스타일을 부탁했다. 거울을 봐도 영 마음에 들지 않았다. KTX를 타고 대전에 가는 동안 옷에 주름이 생길까봐 거의 미동도 하지 않았다.

식당 앞에서 누나가 손을 흔들었다. 누나는 축구공보다 조금 작게 부푼 배를 한 손으로 받치고 있었다.

나도 이제 왔어.

오랜만에 만난 누나의 임신한 모습이 생경하게 느껴지는 한편, 그 이전까지는 상상만 해왔던 현실감이 가시적으로 밀려들었다. 나는 누나에게 인사 대신 다른 말을 꺼냈다.

왜 나와 있어.

누나가 대답하려는 찰나 누군가 다가왔다. 한 아이의 손을 붙잡고 걸어온 그는 웃는 얼굴로 악수를 청했다.

누나가 책 보여줬어요.

아이는 코끼리 인형을 손에 쥐고 나를 가만히 올려봤다. 나는 그들에게 처음 인사했다. 그는 누나의 어깨를 감싸며 먼저 건물 안으로 향했다. 앞서 걷는 그들의 뒷모습에 시선이 오래 머물렀다.

그간 상상했던 것만큼 어렵거나 불편한 자리는 아니었다. 음식이 순서대로 나오는 동안 서로를 소개했다. 엄마는 중간중간 뭔가를 말하려다가 삼켰다. 상견례 전에 미리 인사를 드리지 못해 죄송하다. 갑작스럽게 결혼과 임신 소식을 전해드려서 놀라셨을 것 같다. 누나의 애인은 엄마가 어떤 마음인지 이미 아는 것처럼 사과와 고백을 번갈아 꺼냈다. 엄마의 성격을 아는 누나가 미리 귀띔한 듯했다.

결혼과 임신, 좋은 소식을 한 번에 들으면 두 배로 좋은 게 아닐까요.

그의 아버지가 호탕하게 웃으며 말했다. 엄마는 그를 잠깐 흘겨봤다. 테이블 끝에 앉은 아이는 누나가 가위로 잘라준 고기를 한 점씩 받아먹고 있었다. 투정을 하거나 보채지 않았다. 간혹 눈이 마주치면 나를 오래 바라봤다. 아이를 어떻게 대하면 좋을지 아직 판단이 서질 않았다. 피가 섞이진 않았지만, 우린 곧 가족이 된다. 그 사실만 머릿속에 맴돌았다.

애가 이쁘지?

누나는 말했다.

내년이면 초등학교에 입학해.

나는 아이의 사정보다 누나의 사정이 더 궁금했다. 몇 년 동안 남처럼 지내다가 이런 상황이 된 사정. 엄마 입장에선 모든 게 마음에 들지 않았을 것이다. 나는 엄마가 이 자리에 참석한 것만 해도 대단한 일이라고 생각했다. 엄마와 누나는 나란히 앉아 얼마 전까지 좋지 않은 사이였다는 걸 눈치채지 못할 정도로 서로 다정하게 대했다. 엄마는 누나의 배에 손을 올리고 말했다.

너 임신했을 때랑 비슷하다. 그때도 이렇게 위쪽이 둥그랬어.

누나와 내가 닮지 않은 것만큼, 엄마와 누나도 닮은 부분을 찾기가 어려웠다. 엄마는 키가 작고 쌍꺼풀이 있으며 피부가 하얗다. 누나는 아버지를 더 닮았다. 말수가 적은 성격도. 엄마는 간혹 누나를 보면 속이 터진다고 했는데 그건 아버지를 향한 말처럼 들리기도 했다. 누나는 이번에도 끝끝내 설명하지 않을 작정인 듯했다.

식사를 마치고 주차장에서 서로를 배웅했다. 엄마는 아이를 출산한 후에 결혼식 날짜를 정해보자고 말했다. 누나는 자기가 알아서 하겠다며 엄마의 등을 떠밀었다. 택시에 타기 전, 다른 가족 사이에 선 누나를 바라봤다. 누나는 그 어떤 이질감이나 어색함 없이, 원래 그 자리에 있던 사람처럼 자연스러워 보였다. 나는 엄마와 함께 택시를 타고 집으로 향했다. 엄마는 방으로 들어가 문을 닫았고 옷을 갈아입으며 조용히 울었다.

서울역에 도착해 준에게 문자를 보내자 본가에서 잘 거라는 답장이 왔다. 마침 마감할 원고가 있어 밤새워 작업하면 되겠다고 생각했다. 준은 원고를 쓸 때 먹으라며 냉장고에 이런저런 간식을 넣어놨다. 샤워를 하고 책상 앞에 앉았다. 준의 책상은 원목으로 된 직사각형 테이블이었는데 자질구레한 잡동사니가 쌓여 있어 그것들부터 정리했다.

고전문학으로 알려진 소설에 대한 서평을 쓰는 일이었다. 바쁜 현대인을 위해 그 책을 읽지 않아도 읽은 것처럼 느

꺼지도록 만드는 것이 기획의 취지였다. 청탁서를 다시 보자 평균보다 높은 원고료가 책정되어 있었다. '평소 좋아하는 소설을 소개해주세요'. 나는 후안 룰포의 『페드로 파라모』를 떠올렸다. 얼마 전 넷플릭스에서 영화화도 된 작품이라 적당할 것 같았다. 막상 원고를 쓰려고 하니 시작부터 막혔다. 아버지를 찾아나선 아들이 코말라라는 마을에 도착했는데 아버지는 이미 죽고 그곳은 망자들의 마을이다. 시점과 인칭이 혼란스러우며 멕시코혁명에 대한 작가의 회의감이 반영되어 있다. 일흔 개의 조각처럼 나뉜 에피소드는 읽는 사람의 마음대로 읽을 수 있다. 이런 문장을 쓸 수 없었다. 이는 이 책을 읽은 사람만 이해할 수 있는 문장이고 내용을 압축하는 과정에서 전혀 다른 소설이 될 것만 같았다. 다른 책들도 떠올렸지만 마찬가지였다. 애당초 현대인을 위해 한 권의 책을 원고지 몇 매로 줄여서 설명한다는 것이 내게는 그 어떤 일보다 버거웠다. 소설의 줄거리를 요약할 순 있지만 소설은 줄거리만 존재하는 글쓰기가 아니기 때문이었다. 그것이 정확하게 무엇인지는 알 수 없어도 나는 이런 점들 때문에 소설을 좋아하고 쓰고 있다, 라고 메일에 적으려다가 관뒀다. 그저 개인 일정상 마감일을 지키지 못할 것 같아 죄송하다는 말만 적었다.

침대에 누울 즈음 준이 문자를 보내왔다. 내일 여기로 올래? 나는 알겠다고 답했다.

6

그 일이 있고 나서 검도 도장에는 더이상 나가지 않았다. 두 달 정도 다녔을 무렵 그만뒀다. 가방에 짐을 싸서 고향에 내려갔다. 연락도 없이 집에 갔는데 누구도 이유를 묻지 않았다. 아버지는 좀 쉬다가 다른 데를 알아보라고 말했다.

나는 주로 마루에 가만히 누워 있거나 잠을 청했다. 한여름 햇빛에 눈이 따가워도 그렇게 했다. 발목까지 오던 강아지가 어느덧 몸통이 내 허벅지만해졌다. 해가 질 즈음마다 산책을 시켰다. 손목에 생긴 상처는 날이 더워서인지 쉽게 아물지 않았고 자꾸 염증이 생겼다. 자전거를 타다가 넘어져서 생긴 상처라는 말을 엄마는 믿는 눈치였다. 한의원에서 약초를 받아와 절구에 찧어 상처에 발랐다. 엄마와 누나가 내 새끼손가락에 봉숭아 꽃물을 들였던 적이 있다. 둘은 장난이라며 나를 앞에 앉히곤 정성스레 물을 들였지만, 나는 그게 맘에 들어서 다른 손가락에도 해달라고 졸랐다. 분명 놀림받을 거야. 그런 이유로 해주지 않아 한동안 토라졌다. 실제로 반 아이들과 선생님까지 놀렸지만 대수롭지 않았다.

요즘은 왜 안 해?

요새 그런 걸 누가 해.

밤이 오면 끙끙 앓았다. 열대야로 땀이 나는 건지, 몸이 아파서인지 분간이 안 갈 정도로 이불이 땀에 젖었다. 동네와 멀지 않은 저수지에 사람이 빠져 죽었다는 소식이 마을에 퍼졌다. 엄마와 절에 가서 공양을 하고 기왓장에 소원을 적었다. 엄마와 친분이 있는 스님은 힘들 때면 이곳에 있는 나무들을 떠올리라고 내게 말했다.

방학이 시작될 무렵 엽은 내게 계획이 있는지 물었다.

계곡에 가기로 했어.

누구랑?

부모님, 누나.

나도 가도 돼?

당연히 엽이 지나가는 말로 꺼낸 줄 알았다. 그는 방학이 반쯤 지났을 때 다시 물으며 내가 자란 동네를 구경하고 싶다고 말했다. 일주일이 지나 엽은 내게 전화를 걸어 다음날 출발하겠다고 했다.

그때 온다고 했잖아.

터미널 대합실 의자에 앉은 엽은 학교에서 보던 가방을 메고 있었다. 교복을 입지 않은 모습은 오랜만인데다 그사이 더벅머리가 되어 있어 어색했다. 피부도 까맣게 그을려 아버지를 도와 대체 무슨 일을 한 건가 싶었다.

넌 좀 살이 빠졌네.

엽은 천천히 터미널 내부를 둘러보다가 내게 다가와 어깨를 툭 쳤다. 내가 낯설어하는 낌새를 미리 알아차린 것처럼, 그런 어색함과 공백을 허락하지 않겠다는 것처럼. 엽은 항상 그런 식으로 나보다 나를 먼저 파악했다.

나는 그보다 앞장서서 걸었다. 엽은 도시에서만 자라서인지 시골 마을의 모든 걸 신기하게 받아들였다. 물이 깨끗하다, 저 새는 너무 크네, 산 정상까지 올라가봤어? 그때 말한 목욕탕이 저기구나. 엽은 평소보다 말을 많이 했고 듣기에 좋았다. 햇볕을 피할 겸 마을 사람들이 모이는 느릅나무 아래로 갔다. 부채를 들고 더위를 쫓는 할머니들에게 엽을 소개했다.

이런 시골에 뭐 볼 게 있다고 멀리 왔을까.

얘가 있어서요.

집으로 가는 골목에서 동네 친구들과 마주쳤다. 골목이 좁아 어느 한쪽이 길을 비켜야 했고, 엽은 재빨리 벽에 붙었다. 그들에게는 엽을 소개하지 않았다. 엽은 벽에 쓰인 낙서를 하나하나 읽으며 재밌다고 말했다. 친구들은 골목을 빠져나가기 직전 내게 할말이 있는 것처럼 가만히 바라보다가 자리를 벗어났다.

엄마는 대문까지 나와 우리를 기다리고 있었다. 엽은 고개를 숙여 인사했다. 아버지는 읍내에 일이 있어 밤에 들어올 예정이었고, 출발하기 전 엽이 어떤 음식을 좋아하는지 물었다. 엽은 마당을 둘러보며 텃밭에 자란 해바라기를 만지거나 대파 냄새를 맡았다. 목줄을 하지 않은 개가 집 뒤에서 불쑥 나타나자 엽이 소스라치게 놀랐다. 개가 꼬리를 흔들며 엽의 얼굴을 핥았고 엽은 자리에 주저앉은 채 개를 안았다. 옷에 흙과 털이 묻어도 아랑곳하지 않았다.

얘 이름이 뭐예요?

글쎄, 고모가 데려왔는데. 나도 이름을 못 들었네.

없어, 이름. 하나 지어주고 가.

내가 말하자 엄마와 엽은 동시에 나를 향해 고개를 돌렸다.

엄마가 잠깐 나간 사이 우리는 방에서 각자의 근황을 얘기했다. 엽은 방구석에 대충 가방을 던져둔 뒤 아버지가 갑자기 출장을 가지 않았다면 여기에 올 수 없었을 거라고 말했다.

누나도 친구들이랑 여행 갔어.

엽의 아버지는 군대에 물자를 납품하는 공장을 운영하는데 설명하자면 너무 길다고 손사래를 쳤다.

사실 나도 시키니까 하는 거지, 뭔지 잘 몰라.

엽은 손바닥을 펴서 굳은살이 박인 부분을 만져보라며 내밀었다. 딱딱한 살갗이 느껴졌다. 엽은 내 손목을 휙 돌리곤 피딱지가 생긴 부위를 매만졌다.

얼른 방학 끝나면 좋겠다.

그럼 이렇게 놀지도 못할걸.

엽은 천천히 방을 살폈고 벽에 걸린 상장들을 훑어보다가 물었다.

백일장?

그거 나가면 학교 결석해도 됐거든. 초등학생 때 받은 거라 뭘 썼는지 기억도 안 나.

과학경진대회는?

고무 동력기. 체공 시간으로 순위 매기는 거.

조용한 줄만 알았는데 재주가 많네, 너.

우리는 방에서 나와 거실 바닥에 나란히 누웠다.

누나 있다고 하지 않았어?

저 방인데 지금 없어. 방학이라 아르바이트.

엽은 눈을 감고 있다가 그대로 잠들었다. 반쯤 열린 창문에서 저녁 바람이 불어와 커튼이 흔들렸다. 선풍기가 달그락거리며 회전하고 있었다. 엽과 함께 있을 때에만 느낄 수 있었던 기분이 오랜만이었다. 모든 게 천천히 흘러갔다. 산골짜기를 따라 급히 흘러내리던 땅거미도, 밤이 오기 전 서둘러 자리를 잡던 낮달도. 이윽고 대문 밖에서 오토바이 소리가 들려왔다.

아버지는 검은 봉지를 내게 건넸다. 안을 보자 털을 벗긴 닭 한 마리가 들어 있었다. 엽이 인사하자 악수를 청했다. 아버지는 집으로 바로 들어가지 않고 마당에서 개를 찾았다. 사료 통을 열자 어디선가 꼬리를 내리고 다가왔다. 아버지는 개를 쓰다듬었다. 엽이 물었다.

왜 이름이 없어요?

정붙이기 싫어서.

엽은 어깨를 으쓱했다. 아버지는 '보은환경'이라 적힌 조끼를 벗어 바닥에 내려놨다. 옷 군데군데 오물이 들러붙어 있었다. 나는 아버지가 벗은 옷들을 모아 세탁기에 넣었다. 세제를 잔뜩 넣어도 냄새가 잘 빠지지 않을 걸 알지만 한껏 쏟아부었다. 아버지가 욕실에 들어간 사이 집에 온 엄마는 서둘러 저녁을 준비했다.

함께 밥을 먹는 동안 부모님은 엽에게 많은 말을 건네지 않았다. 다만 도시에 있는 친구를 데려온 건 처음이다, 얘가 잘 적응한 것 같아서 고맙다 등의 말들을 꺼냈다. 엄마는 엽에게 집 전화번호를 물었고 식사 도중 거실로 나가 엽의 엄마와 통화했다.

다음날 우리는 오토바이에 짐을 실었다. 한 대에는 삼겹살과 라면, 수박을 싣고, 다른 한 대에는 돗자리와 마실 것들을 실었다. 나는 엄마 오토바이에, 엽은 아버지 오토바이에 탔다. 뒷산에 자리한 계곡엔 언제부턴가 발길을 끊었다. 대신 읍내로 나가는 길목의 계곡으로 향했다. 오토바이를 처음 타는 엽은 상기된 표정으로 아버지의 허리춤을 붙잡았다. 아버지는 창고에 있던 헬멧을 가져와 엽의 머리에 직접 씌웠다. 엄마와 나는 헬멧을 쓰지 않았다. 계곡에 도착하자 외지에서 온 사람들이 벌써 자리를 잡고 있었다. 돗자리를 펴고 짐을 올려둔 뒤 옷을 벗었다. 엽은 바위에 올라가 물속으로 다이빙을 하거나 깊게 잠수했다. 아버지는 조금 떨어진 곳에서 담배를 피웠다.

둘이 형제 같대.

다른 가족에게 가위를 빌려온 엄마가 말했다. 우리는 수건으로 몸을 닦은 뒤 계곡물 한구석에 수박을 넣었다. 어느덧 아버지도 물에 들어가 수영했다. 엽은 엄마의 손을 잡고 함께 들어가자고 이끌었다. 몸에 쌓인 열기가 서서히 빠져나가는 것 같았다. 그렇게 오후 내내 계곡에서 시간을 보냈다.

아버지는 근무가 없는 날 나와 엽을 운동장으로 불렀다. 오토바이 운전을 알려준다며 차례로 요령을 설명했다. 갑작스럽게 생긴 일이라 어안이 벙벙했는데 엽은 아버지가 알려주는 대로 곧잘 오토바이를 몰았다. 엽이 모래바람을 일으키며 운동장을 세 바퀴 도는 동안 아버지는 팔짱을 끼고 엽을 지켜봤다. 엽은 오토바이를 능숙하게 세우곤 아버지를 향해 트럭을 모는 일보다 더 재밌다고 말했다. 나는 금세 넘어졌고 무릎이 까져 피가 났다. 오토바이가 쓰러지면서 엔진 가드에 금이 갔다. 엽이 헐레벌떡 뛰어왔지만 아버지는 다시 핸들을 잡으라고 말했다. 나는 얼마 못 가 다시 휘청거렸다. 더이상은 무리일 것 같다고 말해도 아버지는 쉽게 포기하지 말라고 답했다. 가끔씩 불쑥 튀어나오는 아버지의 단호함을 나는 늘 이해할 수 없었다. 언제나 그가 바란 대로 끝을 봐야만 상황을 종료시킬 수 있었다. 엽은 그저 조용히 상황을 관망했다. 그때 운동장 입구에서 엄마가 다가왔다. 엄마는 말없이 아버지를 바라보다가, 왜 이런 위험한 일을 애한테 시키는지 따졌다. 다시 침묵이 이어졌고, 나는 이 침묵이 어디로 흘러가게 될지 알고 있었다. 엽이 지금 이 자리에서 없어지면 좋겠다고 생각했다. 운동장 흙바닥이 아지랑이로 일렁였다. 누가 먼저랄 것도 없이 둘은 언성을 높였고, 나는 오토바이에서 내려 가만히 서 있었다. 엽은 둘을 말려보려는 것처럼 주춤거리다 서서히 뒷걸음질로 멀어졌다. 엄마가 오토바이를 넘어뜨리자 아버지는 분을 참지 못해 몸을 떨었다. 어떻게 해야 상황을 중단시킬 수 있을지 생각하고 또 생각했다. 방법이 떠오르지 않아 결국 엽과 함께 운동장에서 달아났다. 우리는 말없이 하천으로 가서 물살을 바라봤다. 엽은 우리 부모님도 그래, 라고 말했지만 나는 그 말이 거짓말처럼 들렸다.

7

준의 본가에 가기 전 편의점에 들렀다. 준은 가벼운 마음으로 오라고 했지만 친구네 집 가듯이 갈 수는 없었기에 급한 대로 과일주스 한 상자를 샀다. 문자로 알려준 아파트 동을 찾아가는데 입구에 준이 서 있었다.

집에 먹을 게 없다고 식당 간대.

곧 준의 부모님이 나왔다. 나는 미리 준비한 과일주스 상자를 건네려다가 손을 도로 거두었다. 생각해보니 집에 갈 게 아니라면 내가 들고 있는 편이 나을 것 같았다. 준의 어머니는 잘 마시겠다고 말하며 앞장서 걸었다. 도착한 곳은 한우를 파는 식당이었다.

언젠가 부모님을 만나게 되면 꼭 긴 셔츠를 입으라고 준이 말한 적이 있다. 팔의 문신을 보면 아버지가 싫어할 거라고. 고깃집이면 진짜 힘들겠다, 라며 농담을 주고받았던 일이 현실이 됐다. 나는 다행히 손등을 덮는 긴 셔츠를 입고 있었다. 과일주스 상자를 바닥에 내려놓고 대화를 경청했다. 말을 걸어주길 바랐지만 타인은 알 수 없는 가족 간의 대화가 이어졌다. 누군들 그렇지 않겠냐마는, 나는 잘보이고 싶었다. 주문한 고기가 나오자마자 서둘러 집게를 들었다. 준의 아버지는 자신이 하겠다고 말하며 손을 내밀었다.

괜찮아, 잘 구워.

준은 아버지의 손을 붙잡으며 말렸다. 머쓱한 듯 헛기침을 한 그는 다시 대화를 이어나갔다. 나는 등에 땀줄기가 흐르는 것을 느끼며 계속 고기를 구웠다. 얼굴에 흐르는 땀을 본 어머니가 옷을 좀 걷으라고 했지만 괜찮다고 답했다. 아버지는 말없이 소주잔이 비워지면 채웠다. 식사시간이 어떻게 지나갔는지 모를 정도로 혼자 분주했다. 자리를 정리할 때까지 준의 부모님은 이상할 만큼 그 어떤 질문도 건네지 않았다. 마음에 안 드는 걸까, 그런 생각을 내비치자 준은,

부담 주는 걸 워낙 싫어해서.

라고 말했다. 우리는 집으로 돌아가 서둘러 잘 준비를 마

치고 침대에 누웠다. 요즘 들어 말수가 부쩍 줄어든 준은 눕자마자 등을 돌리곤 휴대폰을 봤다. 예전엔 잠들기 전 대화를 나누거나 손을 잡은 채 잠들곤 했다. 내게서 마음이 떠났다면 부모님을 보여주지 않았겠지. 나는 매번 이런 식으로 우리의 관계가 이상 없다는 분명하고도 확실한 단서를 찾으려 했다. 매일 함께 지내도 준의 마음을 파악하기란 쉬운 일이 아니었고, 반대로 나는 있는 그대로 표현하려 노력했다. 나는 시간이 지날수록 준이 더 좋아졌다. 서로에게 익숙해지고 적응한 지금이 가장 안정적인 시기가 아닐까, 그래서 말수가 줄어든 거겠지, 이렇게 시간이 흘러 가족이 될 거라고 생각했다.

준과 만난 지 사 개월이 지났을 무렵, 준은 결혼을 하자고 말했다. 나는 갑작스럽기도 하고 준비된 것이 없어 엄두가 나지 않았다. 결혼 상대로 두고 봐야 한다거나 어떤 사람인지 더 알아가야겠다는 문제가 아니었다. 가진 돈이 없었다. 대학 강사로 수업을 한 지 얼마 되지 않았고 책방에서 이틀씩 일하는 수입으로 결혼을 결정하기엔 무리였다. 혼자 사는 오피스텔은 월세가 높고 보증금이 적어 목돈이 되지 않았다. 나는 그런 사정들을 설명하며 시간이 더 필요하다고 말했다. 초등학교 교사로 오래 일한 준은 차곡차곡 저축을 해온 반면, 몇 권의 책을 출간한 뒤 프리랜서로 살아온 나는 그 흔한 신용카드도 한 장 만들지 않고 살아왔다. 준은 상황을 이해했지만 내심 서운해했다. 그런 현실적인 조건들은 핑계고 사실은 자신과 결혼하고 싶지 않은 거냐고 물었다. 나는 그것이 너무 속상했다. 마침 이런저런 원고료가 순차적으로 들어와서 준이 평소 갖고 싶어하던 반지를 사줬다. 백화점 명품관에 가본 건 처음이었다. 나는 그 반지를 먼 훗날에 대한 담보 같은 것이라고 여겼다. 지금은 힘들지만 언젠가 꼭 하자고, 열심히 살아서 준에게 어울리는 사람이 되겠다고. 실제로 그때부터 일이 많아져 눈코 뜰 새 없이 하루하루를 보냈다.

돈 때문이라고.

군대에 가기 전까지 누나와 한집에 살았는데, 어느 날 술에 잔뜩 취한 누나를 데리러 간 적이 있다. 당시 누나는 아버지가 남긴 빚을 갚기 위해 대학을 휴학하고 하루에 두 군데를 오가며 아르바이트를 했다. 낮에는 아웃렛에서 화장품을 팔고 밤에는 술집에서 서빙을 했다. 누나는 내게 빚에 대해 한마디도 꺼내지 않았다. 나 역시 아르바이트로 용돈벌이를 했고 수입의 일정 부분을 엄마에게 줬다. 누나가 그 몫을 자신이 감당해야 할 무언가라고 생각했다는 건 나중에야 알게 됐다. 아마도 빚의 상당 부분은 대학 등록금이었을 텐데 그런 상황을 내게 알려서 부담 주려고 하지 않았다. 누나는 내가 남들처럼 스무 살이 되면 즐겨야 할 것들을 가정 형편 때문에 즐기지 못한다고 생각했다. 누나는 하루에 네 시간 이상 자지 못했고 아침 일찍 나가 밤늦게 들어왔다. 쉬는 날에도 단기 아르바이트를 했다.

누나 친구의 전화를 받고 간 술집에서 누나는 바닥에 토하고 있었다. 왜 이렇게 마셨느냐고 물으니 돈 때문이라고 답했다. 어딘가 앞뒤가 맞지 않는 대답을 이제 막 성인이 된 나로서는 이해하기가 어려웠다. 몸을 가누지 못해 어깨를 붙잡아 겨우 집에 데려갔다. 누나는 취한 와중에도 친구에게 계산을 부탁했고, 누나의 친구는 술값을 계산하며 누나더러 돈독이 심하게 올랐다고 말했다.

내가 군대에 간 사이, 누나는 빚을 다 갚은 뒤 독립했다. 대학 전공을 살려 강원도에 있는 회사 구내식당의 영양사로 근무했다. 그때부터 집을 찾는 발길이 뜸해졌고 연락도 닿기 어려웠다. 나는 누나가 수학여행으로도 가본 적 없는 강원도를 첫 근무지로 선택한 이유는 그곳이 집에서 가장 먼 곳이었기 때문이라고 생각했다. 그리고 실제로 그렇기를 바랐다. 아주 멀리 가기를. 누나만의 인생이 시작되기를. 그래서 누나의 결혼 소식이 더할 나위 없이 반가웠다.

누나는 그의 집에서 살고 있었다. 상견례가 있고 며칠 뒤, 나만 집으로 초대했다. 나는 누나가 어떻게 사는지 궁금했고, 누나의 가족이 될 그들과 대화를 나누고 싶었다. 누나의 애인은 한눈에 봐도 고급스러운 외제차를 몰고 터미널로 나를 데리러 왔다. 뒷좌석에 앉아 운전대에 새겨진 BMW 로고를 보고 있는데, 그는 대뜸 내게 운전을 하는지 물었다. 나는 아직 면허도 따지 않았다고 답했다.

서울은 차 끌고 다니기 힘들잖아요. 저도 예전에 잠깐 살았거든요.

그가 서울에서 파견직으로 일했을 때의 이야기를 꺼내려고 하자 누나는 급히 화제를 돌렸다.

너 정미 알지? 걔도 네 책 읽었대.

어떻게?

도서관 사서야. 어제 연락왔는데 그러더라.

자신의 친구를 나도 당연히 알 거라는 화법이 꼭 엄마와 비슷했다. 나는 누군지도 모르는 정미 누나가 어디에서 어떻게 살고 아이는 몇 살인지, 차에서 내릴 때까지 이야기를 들었다.

누나 애인의 집은 신축 빌라가 줄지어 들어선 도시 외곽에 있었다. 아직 공사가 끝나지 않았거나 입주민을 기다리는 빌라들도 보였다. 그는 차에서 내리며 아이를 출산하면 아파트로 이사할 예정이라 말했다. 상견례에서 봤던 아이는 곧 유치원에서 돌아올 거라고 덧붙였다.

그 집은 한 아이를 키우고 다른 아이의 출산을 기다리는, 어떤 취향이 반영되었다거나 개성이 느껴지지 않는 평범하고 안락한 공간이었다. 그저 가족의 생활을 위한 집. 부딪힘 방지용 고무가 붙어 있는 식탁 모서리, 문지방이 없는 바닥 등 작은 것들까지 신경쓴 인테리어에 한동안 시선이 갔다. 우리는 배달 음식을 차례로 시키며 오래 대화했다.

누나의 애인은 누나가 오래전 다닌 회사 구내식당에서 밥을 먹던 직원이었고, 누나를 보고 첫눈에 반했다고 했다. 지병이 있던 아내가 세상을 떠난 지 몇 년쯤 지났을 무렵이었다. 그는 누나가 배식을 할 때면 반찬을 두세 번씩 받아갔다. 누나는 그저 식성이 좋은 사람일 거라 생각했는데, 알고 보니 소식하는 습관이 몸에 밴 사람이었다. 그때 오 킬로그램이나 쪘어요, 라고 말하는 그를 보며 누나는 뒤로 넘어갈 듯 웃었다. 영양사님은 언제 밥 먹어요? 그가 묻자 누나는 배식 시간 끝나면요, 라고 말했고, 그럼 언제 밖에서 밥 먹을래요? 하고 그는 데이트를 신청했다.

그땐 결혼할 줄 몰랐지.

누나는 너무 웃은 탓에 배가 아픈지 자리에서 일어났다. 상견례 때 봤던 것보다 배가 더 불러 있었다. 곧 아이가 도착할 시간이라며 그는 서둘러 밖으로 향했다. 나는 과일을 씻고 껍질을 깎았다.

이런 건 어디서 배웠냐.

누나는 포크를 꺼내 과일을 집어먹었다.

너는?

뭐?

결혼.

준비하고 있어.

준비한다고 결혼하는 거 아니다. 그냥 모를 때 해.

뭘 몰라야 돼?

그건 나도 몰라.

누나는 애매하게 말을 흐리곤 거실 창문을 열어 밖을 내다봤다. 아래를 향해 손을 흔들자 얼마 지나지 않아 현관문 열리는 소리가 들렸다. 아이는 웃으며 들어오다가 나를 보곤 얼어붙은 듯 제자리에 멈춰 섰다. 누나는 아이가 낯을 좀

가린다는 말과 함께 진수야, 부르며 아이를 안았다. 진수는 내게서 시선을 떼지 않은 채 누나 품에 안겼다.

곧 동생 생기니까 좋지?

그가 아이의 머리를 헝클이며 말했다. 자리는 밤늦게까지 이어졌고, 자고 내일 가라는 누나의 말을 거절한 뒤 심야버스를 탔다.

버스에서 잠이 들려는 찰나 준에게 연락이 왔다.

이 집 어때?

링크를 누르니 방 세 칸짜리 전세 매물이 화면에 떴다. 준은 간혹 부동산 앱에서 찾은 집을 내게 보냈다. 다른 승객들에게 방해가 될까 밝기를 최대한 낮췄다. 집 좋다, 살기 좋아 보여, 방 하나를 드레스 룸으로 하고 다른 방은 서재로 꾸미자, 매번 그랬던 것처럼 기약 없고 의미 없는 대화가 이어졌다. 한 달 뒤에 입주할 수 있다는 안내 사항이 적혀 있었지만 그보다 더 긴 시간이 필요했다.

현실.

현실적인 것.

나는 오로지 현실적인 것들만 생각했다. 미래를 위해 돈을 모으고 건강을 살피자, 분리수거를 잘하고 가끔 여행을 가자. 서로 사랑한다는 사실은 너무나 당연하고 분명한 전제라 의심하지 않았다. 우리의 나이만 변할 거라고 생각했다. 하지만 그 과정에서 내가 간과한 것은 준의 마음이었다.

8

엽과 함께 하천이 흘러가는 방향으로 걸었다. 날이 어둑해질수록 물이 검게 변해갔다. 신발을 벗고 들어가자 무릎께에서 물이 찰랑거렸다. 수심이 얕아지면 곧 장마가 시작되는 거라고 어른들은 말했다. 엽은 돌멩이를 들어 물수제비를 떴다. 돌멩이는 나를 지나쳐 꽤 멀리 날아갔다. 하천 위 다리에서 누군가가 우리를 내려다보고 있었다.

같이 놀자.

어두워서 자세히 보이진 않았지만 목소리만 들어도 동네 친구들이라는 걸 알 수 있었다. 다리로 올라가 엽을 소개했다. 친구들은 들고 있던 쇼핑백을 열어 내용물을 보여줬다. 소주 대꼬리 한 병이 들어 있었다. 집에서 뱀술을 담그고 남은 걸 가져왔다고 했다.

우리는 인적 드문 잔디밭으로 갔다. 나무 아래에 앉아 돌아가며 한 모금씩 마셨다. 병 주둥이가 점점 뜨거워졌다. 배가 부글거렸다. 네 명이 마시니 금세 양이 줄었고 머리가 조금씩 아파왔다. 엽과 친구들은 오래 대화를 나누고 있었다. 소변이 마려워 잠시 다녀오겠다고 말한 뒤 자리를 벗어났다. 잔디밭에서 꽤 멀리까지 걸어갔다가 다시 돌아가는데 욕설과 함께 고성이 들렸다. 엽이 바닥에 누워 있었고 한 명은 그 위에 올라타 뺨을 툭툭 치는 중이었다. 다른 한 명은 엽의 양팔을 붙잡고 있었다. 나는 달려가 엽 위에 올라탄 애를 걷어찼다. 엽은 재빨리 일어나 친구들을 차례대로 죽일 듯이 팼다. 나는 말리지 않았다. 누군가가 멀리서 그만두라고 소리쳤다. 노인의 목소리 같았다. 나는 엽의 팔을 잡아끌고 잔디밭을 벗어났다. 우리는 계속 달렸고, 달리면서 엽의 얼굴을 바라봤다. 입술에 피가 묻어 있었다. 잔디밭이 더이상 보이지 않을 때까지 뛰어간 뒤에야 달리기를 멈췄다. 숨을 헉헉 몰아쉬며 서로를 쳐다봤다. 나는 엽에게 왜 싸우게 됐는지 묻지 않았다. 사실 이유 같은 건 처음부터 없었을지도 모른다. 다리에서 엽을 내려다볼 때부터, 아니 엽이 이곳에 온 날 골목에서 마주쳤을 때부터 생각했을 것이다. 엽의 입술에 묻은 피를 닦아줬다. 엽은 내 손을 잡고는 괜찮다고 말했다. 우리는 흥분과 더위를 가라앉히며 집을 향해 걸었다.

대문 앞에 누나가 서 있었다. 누나는 엽을 가만히 바라보다가 내게 물었다.

둘이 싸웠어?

저희끼린 안 싸워요.

엽이 대답했다. 단발이었던 누나의 머리가 허리까지 자라 있었다. 시선을 느꼈는지,

자를 시간이 없어.

하고 말했다. 누나에게 엽을 소개했고 함께 집으로 들어갔다. 오토바이 두 대가 마당에 나란히 주차되어 있었다.

술냄새 나니까 오늘은 다락방에서 자.

누나는 현관문을 닫으며 자리를 벗어났다. 엽은 손바닥에 입김을 후 불어 냄새를 맡았다. 내게도 숨을 뱉어보라고 한 뒤 입 가까이 코를 갖다댔다. 마당 한편에 설치된 수도꼭지로 가 오래 물을 마셨다. 엽과 번갈아 수도꼭지에 얼굴을 댔다. 개집에서 엎드려 자고 있던 개가 낑낑거리며 우리를 바라봤다. 이유를 알 수 없는 웃음이 터져 멈출 수 없었다. 아랫배가 아팠다. 엽도 나를 따라 함께 웃었다. 우리는 상의를

벗고 호스를 든 뒤 서로의 등에 번갈아 물을 뿌렸다. 엽은 등목이 처음이라고 말했다.

나는 성인이 되어 이 시절을 생각할 때 어째서인지 그날 밤이 가장 먼저 떠오르곤 했다. 엽의 얼굴에 마르지 않은 채 묻어 있던 피딱지와 수도꼭지에서 세차게 흘러나오던 물줄기, 담 너머 하천을 향해 흘러가던 물소리와 새벽까지 웅성거리던 풀벌레 소리. 무더운 여름이 끝나가던 시기라 밤공기는 싸늘했고, 다락방으로 가 그곳에 있던 박스들을 랜턴 빛으로 하나하나 비춰가며 열었다. 해가 뜰 때까지 잠들지 못했던 새벽. 다락방은 아버지가 쓰레기를 수거하다가 주워온 잡동사니들이 쌓여 마치 작은 상점 같았다. 타자기와 트럼펫, 무늬가 화려한 망토, 표면이 부드러운 피아노 건반 덮개, 표지가 해어진 족보까지. 일층에서 잠든 가족이 깰까 우리는 대화를 나누지 않았고, 그래서 서로의 눈빛과 표정만을 자세히 들여다봤다. 말은 거추장스러웠다. 말보다 가깝게 뭔가를 연결 지을 만한 사물들이 거기 있었다. 먼저 곯아떨어진 엽은 나지막이 코를 골았다. 나 역시 잠에 들 무렵, 개장수가 트럭을 몰고 마을을 돌면서 외치는 확성기 소리를 얼핏 들은 것도 같았다.

누나는 오랜만에 만난 엄마와 할 얘기가 많았는지 하루 종일 붙어 있었다. 누나가 오기 전 운동장에서 부모님이 싸운 얘기는 전하지 않았다. 엄마는 누나의 긴 머리를 매만졌다. 둘은 이른 아침 함께 방앗간으로 가서 미숫가루를 받아왔다. 엽은 해가 중천에 뜰 때까지 일어나지 않았고 나 혼자 얼음이 띄워진 미숫가루를 마셨다.

친구는 언제 가?

누나는 국자로 내 컵에 미숫가루를 더 따라주며 물었다. 엽은 돌아갈 날짜를 말하지 않았다. 다락방에서 내려오면 물어봐야겠다고 생각했다.

누나는 대학에 잘 적응한 것 같았다. 친구들과 함께 쇼핑한 일, 동아리 MT로 춘천에 다녀온 일에 대해 말했다. 갑자기 생각난 듯 가방에서 퀵실버 셔츠를 꺼내 나를 입혔다. 일본의 가수이자 배우인 마쓰모토 준이 입는 스타일이라며 일본 패션지에서 유행이라고 했다.

요즘 다 이렇게 입는대. 수학여행 갈 때 입어.

엄마가 자기 옷은 없는지 묻자 누나는 다음 아르바이트비를 받으면 사준다고 답했다.

아빠 옷도 같이 사줄게.

엄마는 듣기 싫었는지 자리에서 일어나 주방으로 갔다.

천장에서 어떤 소리가 들렸다. 엽이 잠에서 깨어난 것 같았다. 얼마 뒤 반쯤 열린 거실 창문 너머로 엽이 나타나 누나를 향해 인사했다. 엽은 곧바로 거실로 들어오지 않고 마당을 걸었다. 누나는 수건과 셔츠를 개켰다. 별안간 문이 열리더니 엽이 심각한 표정을 지으며 말했다.

없어.

나는 고개를 갸웃했다.

없어, 개.

설마.

개 사요, 하는 소리 아침에 들었어. 그래서 확인하려고 봤는데 없어.

9

학교 그만둘까.

커피를 빨대로 휘휘 젓던 준은 카페 입구에 시선을 둔 채 말했다. 옆얼굴을 보는 게 오랜만인 것 같아 대답하지 않고 한동안 쳐다봤다. 그 말을 하기 몇 주 전부터 담임 업무가 힘겹다고 말해왔었다.

준은 인생의 큰 굴곡이랄 게 없이 무난하고 순탄한 과정을 거쳐 직업을 가졌다. 준의 표현을 빌리자면 제때 대학에 입학해 졸업하고 제때 취직했다. 마땅히 해야 할 일을 했고 하지 말아야 할 일은 하지 않았다. 자신의 능력을 벗어난 것들을 바라지 않았으며 주어진 것을 누렸다. 준은 그런 자신의 인생이 만족스럽다고 말했다. 어느 날은 학교에서 일하며 보람찼던 경험을 말해준 적도 있었다.

자꾸 끌려다니는 것 같아.

부모님은 필요하면 다음 직장에 가기 전까지 생활비를 지원해준다고 했지만 준은 한사코 거절했다. 저축한 돈에 퇴직금까지 합하면 꽤 긴 시간 무직으로 지내도 될 만한 액수가 있다면서.

돈 문제가 아니야.

준이 돈을 벌지 않으면 내가 벌면 되는 문제다. 하지만 돈 문제가 아니라는 준의 고민 앞에서 어떤 말을 하면 좋을지 쉽사리 떠오르지 않았다.

평생 이렇게 사는 건 싫어.

준이 원하는 건 변화였다.

안정되고 평온한 하루하루가 아닌 새로운 삶의 가능성이 있는 변화.

한번 결정한 일을 무르는 일이 없는 준은 몇 달 뒤에 학교를 그만뒀다. 퇴사를 앞둔 다른 사람들처럼, 출퇴근에서 벗어나 다른 일을 계획하면 기분이 좋아질 거라 생각했다. 준은 그런 기색을 보이지 않았고 오히려 말수가 더 줄었다. 내가 강의를 하지 않는 방학중에 함께 여행을 가거나 아니면 혼자라도 어디든 오래 다녀오라고 말했지만 돌아오는 대답은 매번 똑같은 한마디였다.

번거로워.

번거롭다, 라는 말은 무슨 뜻일까. 원고 마감일을 지키지 못해 메일을 쓰는 일은 번거롭다. 읽기 싫은 책을 다시 펼치는 일은 번거롭다. 따위로 대입해봐도 잘 붙지 않는 표현이었다. 그만큼 복잡한 마음이 담긴 말이라고 생각했다. 준은 별다른 취미랄 게 없었기에 이번 기회에 취미를 가져보는 건 어떨지 말하려다가 그만뒀다. 나는 그저 준이 자신의 마음을 정확하게 알아차릴 때까지 기다리기로 했다.

그때부터 연애의 영점이 조금씩 어긋났던 것 같다. 준은 의도하지 않았지만 나는 혼자 그의 눈치를 살피며 조심스럽게 행동하고 표현했다. 매사 얼음판 위에 서 있는 것 같았다.

어느 날 준에게 말했다.

그때 말한 여행, 같이 갈까?

여행?

가족이랑 간다고 했던 거.

이미 지났지.

얼마간 침묵이 흘렀다. 문득 어떤 생각이 떠올랐다.

지금 서울역 갈래?

소파에 앉아 휴대폰을 보던 준은 의아한 표정으로 고개를 들었다. 집에서 막 저녁을 먹은 뒤였다. 서울역에서 출발 시각이 가장 이른 기차를 타고 어디든 가자고 말했다. 준은 웃었다. 웃는 얼굴이 오랜만이라 좋았다. 배낭에 짐을 빠르게 넣은 뒤 택시를 불렀다.

우리는 서울역에 도착해 전광판을 살펴보며 당장 출발할 수 있는 행선지를 찾았다. 준이 어떤 일에 의욕과 관심을 갖는 것은 간만이었다. 강원도 원주행 기차가 삼십 분 뒤 출발할 예정이었다. 매표소에서 표를 끊고 편의점에 들러 간단한 간식과 물을 샀다. 준은 나보다 앞서 걸으며 탑승 플랫폼을 찾았다. 나는 원주에 가본 적이 없었고 준도 마찬가지였다.

기차에 올라탄 준은 좌석에 앉아 원주에 관한 정보를 검색했다. 차창 너머로 서울이 점점 멀어져갔다. 준의 얼굴이 창문에 비쳤다가 옅어지길 반복했다. 원주역과 가까운 숙소를 예약한 뒤 우리는 한참을 떠들었다. 기차가 정차할 때마다 자리를 벗어나는 사람들을 보면서 시시하고 하나 마나 한 이야기를 나눴다. 웃고, 대답하고, 질문하는, 그렇게 어딘가로 흘러가는 대화를.

원주역에 도착하자 서늘한 바람이 불었다. 준은 추운지

팔짱을 꼈고 우리는 곧장 역 근처 식당으로 가 밥을 먹고 숙소로 향했다. 늦은 새벽까지, 우리는 오랜 시간 서로를 안았다. 낯선 도시에서 익숙한 서로의 몸에 기대 잠들었다. 이것만으로도 충분하다, 이런 순간들이 쌓여 어딘가에 도착한다면, 그곳이 어디든 내내 함께할 수 있을 거라고 생각했다.

다음날 건축가 안도 다다오가 설계했다는 뮤지엄 산으로 향했다. 셔틀버스가 출발하는 건물 앞에서 준은 연애를 막 시작했을 때의 이야기를 꺼냈다.

전시회 가면 무슨 생각 하는지 물어봤던 거 기억해?

나는 고개를 갸웃했다.

아무 생각 안 하려고 간다 그랬잖아. 나는 그 말이 좋더라.

그사이 버스가 도착했다. 승객 대부분은 스키장으로 향하는 리조트에서 내려 막상 뮤지엄 산에 가는 사람들은 적었다. 전시관에서 그림과 사진을 관람했지만 아무것도 눈에 들어오지 않았다. 서울로 돌아가고 싶지 않았다. 준의 뒷모습을 바라볼 수 있는 시간 속에 계속 머물고 싶었다. 서울로 돌아가면 다시 예전과 같은 일상과 관계가 반복될 것임을 알고 있었다. 가보지 않아도, 겪어보지 않아도 예감됐다. 건물 중간중간 수공간을 마주칠 때마다 준은 한동안 말없이 물을 바라봤다. 그 어떤 순간보다 많은 말을 하고 있다고 생각했다. 셔틀버스가 오기 전 카페에 앉아 사람들을 구경했다. 한 아이가 내 발치에서 넘어졌고 준이 일어나 아이를 부축했다. 아이의 부모가 달려와 감사하다고 말했다. 준은 악수하듯 아이의 손을 꼭 붙잡고 있었다.

다음에도 강원도로 올까?

원주역에서 기차를 기다리며 준은 물었다. 준은 미래에 대해, 특히 기약 없는 일에 대해선 말하지 않는 성격이었다. 분명하고 정확한 것들만 말했다.

또 오자.

그러던 어느 날 정오 무렵, 잠에서 깨어나 천장을 바라보다가 준의 마음이 내게서 서서히 떠나고 있다는 걸 문득 깨달았다. 명확한 이유나 계기가 있는 건 아니었다. 나는 그저 옆으로 누운 채 잠든 준의 등을 가만히 바라보고 있었다. 여느 날처럼 커튼 사이로 실금 같은 햇빛이 새어나와 벽지를 수놓은 날이었고, 그간 지내온 많은 날들처럼 준을 여전히 사랑하는 날이었다.

나의 예감이 어긋나기를, 문득 스쳐가는 막연하고 두서없는 생각이기를 바랐다.

10

개가 사라진 일에 대해서 엄마와 누나 모두 아는 게 없는 것 같았다. 혹시 새벽 일찍 일을 나간 아버지는 알지 않을까, 누나가 묻자 엄마는 그럴 리 없다고, 오토바이 뒤칸에 도시락을 실으며 직접 배웅했기 때문에 아버지도 모를 거라고 말했다.

나와 엽은 서둘러 집을 나섰다. 골목을 돌며 개를 찾았다. 이름이 없어서 개를 부를 수도 없었다. 엽은 평소에 내가 가지 않는 골목까지 깊숙이 들어가 살폈다. 골목 끝 다른 개가 있는 집 담벼락에서 기웃거리자 주인이 엽을 쫓아냈다. 엽은 하얗게 질린 얼굴로 다른 골목으로 들어갔다. 그런 얼굴은 처음이었다. 엽은 최선을 다해서 뛰었고 나 역시 개가 갈 만한 곳을 떠올려보았다. 동네에 하나뿐인 슈퍼, 고양이들이 밥을 먹기 위해 모이는 중국집, 배추와 감자가 자라는 텃밭까지 샅샅이 뒤졌다. 개는 없었다. 개는 처음부터 없었던 것 같았다.

아버지는 평소보다 일찍 퇴근했다. 마루에 앉아 있던 엽이 벌떡 일어나 개의 행방을 물었다. 아버지는 개집을 들여다보며 한동안 말없이 생각에 잠겼다. 그러다 손을 집어넣어 단면이 거칠게 끊어진 목줄을 꺼냈다. 개가 직접 끊고 나간 것 같다고 아버지는 말했다. 우리집은 평소 대문을 자주 열어놨었다. 이웃집에 숟가락이 몇 개 있는지 알 정도로 친밀한 사이였기에 굳이 대문을 잠글 이유가 없었다. 이웃집들도 마찬가지였다. 그럼 개가 다시 집으로 오느냐고, 제 발로 돌아오느냐고, 엽은 이해가 가지 않는다는 표정으로 내게 따지듯 물었다. 아버지는 문득 뭔가가 떠오른 듯이 빠른 걸음으로 집을 나섰다. 나와 엽은 아버지를 따라갔다.

너흰 집에 있어라.

엽은 고개를 가로저었다. 매미가 너무 크게 울어서 귀가 먹을 것 같았다. 아버지는 뒷산에 있는 내 친구의 집으로 향했다. 그 집은 담벼락이 없어 멀리서도 마당이 한눈에 들어왔다.

친구의 아버지가 뭔가를 태우고 있었다. 고무 대야에 가려 자세히 보이진 않았지만, 그는 몸을 수그린 채 부탄가스가 연결된 토치로 무언가를 태우고 있었다. 하얀 연기가 짙게 피어올랐다. 마침 바람이 우리 쪽으로 불었고 욕지기가 날 정도로 역겨운 냄새가 났다. 엽은 헛구역질을 했다. 그는 우리가 가까이 가도 인기척을 느끼지 못하는 것 같았다. 아니, 못 본 체하는 것 같았다. 아버지는 그를 부르지 않고 멀찍이 서서 눈을 가늘게 떴다. 마른침이 넘어갔다. 그는 불을 끄고 아버지를 바라봤다.

왜요.

뭐 태워?

뭘 태우긴요.

그는 토치를 고쳐 쥐며 아버지를 향해 말했다.

개털 태우는 냄새 같네.

그래서요.

아버지는 어깨를 으쓱했다.

좀 봐도 돼?

그의 발치에 까맣게 그을린, 가늘고 기다란 뭔가가 있었다.

너넨 거기 있어.

아버지는 그에게 다가간 뒤 고개를 숙여 아래를 바라봤

다. 나는 궁금했지만 아버지 말을 들었다. 그 자리에 못박힌 것처럼 서 있었다. 엽도 마찬가지였다. 아버지는 그것을 내 내 바라봤다. 그는 하던 일에 방해를 받아 언짢은 건지 토치 버튼을 눌렀다 떼길 반복했다. 딸각딸각. 아버지는 그의 어 깨를 툭 치곤 우리를 지나쳐 왔던 길로 향했다. 아버지가 말 했다.

너무 까맣다. 다 태워서 모르겠어.

하얀 털을 태우면 까맣다. 나는 속으로 생각했다.

아까 고무 대야에.

아버지가 집으로 들어간 뒤 엽이 말했다.

내장 같은 게 잔뜩 있었어.

우리는 다시 개를 찾으러 나섰다. 도저히 앉아만 있을 수 는 없었기에 해가 질 때까지 온 마을을 돌아다녔다. 엽은 슬 리퍼를 신고 뛰느라 엄지발가락에 물집이 잡혔다. 집으로 돌아오자 엽의 발을 본 누나는 바늘로 물집을 터뜨려주었 다. 엽은 이대로 개를 잃어버리게 되는 거냐고 물었다. 누구 도 쉽게 답할 수 없었다. 그러자 엄마는,

여기선 흔한 일이야.

라고 말하며 설탕에 절인 토마토를 갖다줬다. 토마토에서 쓴맛이 났다. 엽은 먹지 않았다.

며칠 뒤 엽은 가방에 짐을 쌌다. 예정했던 기간보다 더 머무는 바람에 아버지를 도울 일손이 많이 부족해진 것 같았다. 엽은 밤마다 가요, 간다고요, 전화하곤 이불로 얼굴을 가렸다. 나도 엽을 따라 엽의 아버지 일을 돕기로 했다. 엽은 화색이 도는 얼굴로 내 손을 잡으며 아르바이트비는 많이 받을 거라고 말했다.

누나는 조만간 청주에 갈 일이 있다고 했는데 이유는 말해주지 않았다. 그때 다시 보자며 우리보다 먼저 집을 떠났다. 아버지는 평소 아껴 마시던 말벌집으로 담근 술을 엽에게 줬다. 술이 아니라 약이라고 말씀드리면 알 거라고 아버지는 말했다. 어머니는 마당에 말려둔 제철 나물과 버섯을 몇 움큼 모아 봉지에 담았다. 엽은 그것들을 받으며 몇 번이고 인사했다.

우리는 버스 터미널을 향해 함께 걸었다.

여기 얼마나 살았어?

네 살에 왔대.

여기 오기 전에는?

영동. 민씨들만 사는 집성촌에 살았어.

다 민씨야?

옆집, 앞집, 뒷집, 건넛집. 지금도 명절에 가면 동네 사람들 성이 다 똑같아.

조선시대 같네.

조선시대 같지.

언젠가 아버지는 누나와 나를 키우기에 그곳은 적절하지 않다는 생각이 문득 들었다고 했다.

나는 한곳에서만 살았어. 거기서 태어났고. 시골에 온 것도 처음이야.

어땠어?

엽은 별다른 대답 없이 하천을 보며 걸었다.

방학중의 기숙사는 어딘가 무섭고 쓸쓸한 분위기라 밤마다 문을 꼭 잠그고 잤다. 현은 개학 전날에 올 거라고 말하며 대추 과수원에서 포즈를 취하고 찍은 사진을 보냈다. 나는 이불 속에서 현이 보낸 사진을 보곤 다음 방학에는 여기에 가고 싶다고 생각했다.

엽의 아버지 일을 돕기로 했지만 거절당했다. 집에 도착한 엽은 내게 바로 연락을 줬는데 아버지가 내키지 않아하는 것 같다고 말했다. 남은 방학 동안 뭘 하면 좋을지 생각했지만 딱히 하고 싶은 일이 없었다. 엽도 개학할 즈음에 보자며 전화를 끊었다.

기숙사에서만 지내는 생활이 이어졌다. 휴게실에는 사생들이 갖다놓은 만화책과 잡지, 소설, 비디오테이프가 책장에 꽂혀 있었다. 나는 그때까지 책이나 영화를 접할 기회가 많이 없었다. 중학생 때 아버지가 녹화해둔 영화를 몇 번 돌려 본 정도였다. 이연걸이 등장하는 〈황비홍〉이나 〈정무문〉 시리즈 같은 것들이었고, 가끔은 일요일 오전에 방영하는 티브이 애니메이션을 봤다.

휴게실 소파에 앉아 시간 가는 줄 모르고 만화책과 영화를 봤다. 방학에는 점호를 하지 않아서 새벽까지 그 자리에 있어도 간섭할 사람이 없었다. 며칠을 그렇게 보내던 어느 날 누군가 휴게실 문을 열고 들어왔다. 그는 한 학년 선배로 예전에 옥상에서 언뜻 본 기억이 났다. 나는 소파에서 일어나 인사했다. 그도 나처럼 기숙사에 남아 하릴없이 하루하루를 보내는 것 같았다.

이런 인사 없애야 돼. 고등학생들끼리 무슨.

그는 혼잣말을 하며 책장을 살폈다. 그러고는 한 권 고른 뒤 내게서 최대한 먼 자리에 앉아 읽기 시작했다. 나는 다시 책을 읽을지 방으로 돌아갈지 고민하다 이도 저도 아닌 상태로 자리에 앉았다. 그는 한동안 말없이 책을 읽다가 대뜸 물었다.

너도 할 거 없지?

나는 고개를 끄덕였다.

잠깐 나가자.

그는 내 대답도 듣지 않고 서둘러 휴게실을 나섰다.

나를 데려간 곳은 학교 강당 옆에 위치한 건물이었다. 학교에 그런 건물이 있는지 몰랐다. 그는 슬리퍼를 질질 끌며 문을 열었고 중앙에 피아노가 보였다. 칠판에는 '중창단 신입 부원 모집'이라고 적혀 있었다. 그는 피아노 앞에 앉아 건반을 누르며 노래를 불렀다. 나는 근처에 놓인 의자에 앉아 숨죽인 채 노래를 들었다.

노래를 부르다 말고 그가 말했다.

너도 불러볼래?

11

누나의 결혼식 날에는 이른 아침부터 분주했다. 엄마는 오랜만에 입은 한복이 불편하다며 얼른 식을 마치고 옷을 갈아입고 싶다고 말했다. 대전에 있는 손님들을 모시기 위해 대절한 버스가 약속된 시간보다 먼저 주차장에 도착했다. 버스 앞좌석에 음식과 음료를 실었다. 몇몇 손님들은 나더러 언제 이렇게 컸느냐며 자신을 알아보겠느냐고 물었다. 누군지 기억나지 않았지만 알은체하며 인사했다. 버스가 출발함과 동시에 나는 마이크를 들고 도착 예정 시간을 안내했다. 이참에 노래나 한 곡 하라고 누군가 말하자 엄마는 어차피 이따 식장에서 부를 거라고 대꾸했다. 양복이 어색해 넥타이를 몇 번이나 고쳐 맸다.

누나는 내게 축가를 불러달라고 부탁했다. 몇 번이나 거절했지만 말이 통하질 않았다. 신혼집에 필요한 물건을 선물한다거나 축의금을 많이 내겠다고 해도 속수무책이었다. 누나가 내게 뭔가를 그토록 부탁한 적이 처음이어서 들어줄 수밖에 없었다. 동생은 보통 축의금을 걷지 않나, 라고 엄마에게 말했는데 그건 사촌들이 하면 된다고 했다.

나는 결혼식장에 도착하자마자 사람들을 안내하고 서둘러 신부 대기실에 갔다. 웨딩드레스를 입은 누나는 긴장이라곤 전혀 찾아볼 수 없는 모습으로 사진을 찍고 있었다. 매형과 함께 찍은 웨딩 사진이 대기실 곳곳에 놓여 있었다.

그때 고모가 대기실에 들어왔다. 나와 누나를 번갈아 끌어안았다.

네 아빠가 있었으면 오늘 좋아했을 텐데.

신부보다 먼저 울면 어떻게 해.

누나는 고모의 어깨를 토닥였다. 고모는 대기실에서 나갈 때까지 훌쩍였다.

매형 어디 있어?

잠깐 차에 갔어.

누나는 친구에게 가방을 갖다달라고 부탁하더니 봉투를 꺼내서 내게 줬다.

가족도 이런 건 줘야 잘산대.

무슨 뜻인가 싶었는데 아마도 축가를 부르는 것에 대한 수고비인 것 같았다. 평소 미신은 절대 믿지 않는 사람이 그런 말을 하니 뭔가 부자연스러웠다. 거절하면 잔소리를 들을 것 같아 재킷 안주머니에 넣었다. 결혼식장 직원이 다가와 간단히 축가 리허설을 하자고 말했다. 누나에게 이따 보자고 짧게 인사하며 대기실을 빠져나왔다.

준은 함께 오지 않았다. 결혼 소식을 알리긴 했지만 함께 가자고 물어보지 않았다.

결혼식이 시작되고 사람들의 박수 소리와 함께 누나가 입장했다. 누나는 축구공만큼 부른 배에 손을 올려놓고 좌우를 바라보며 가벼운 고갯짓으로 인사했다. 엄마는 출산 후에 결혼식을 하길 바랐지만 누나의 생각은 달랐다. 아이를 키우다보면 결혼식은 기약 없이 미뤄진다는 게 누나의 판단이었다. 게다가 매형은 조만간 직장을 옮겨서 더 바빠질 거라고 말했다. 부모석에 앉아 있는 엄마는 벌써 눈가를 소매로 훔치고 있었다. 옆자리는 비어 있었다. 고모가 고모부를 앉히는 건 어떻겠냐고 물었지만 누나는 거절했다.

주례사가 끝나고 축가를 부를 차례가 왔다. 하객들을 향해 인사를 한 뒤 노래를 시작하려는데, 전주가 나오자마자 누나가 울음을 터뜨렸다. 누나는 아이처럼 울었고 직원이 휴지를 갖다줬다. 나는 눈물을 흘리는 누나를 보느라 첫 소절을 부르지 못했다.

결혼식이 끝나고 친척들과 둘러앉아 식사를 했다.

너는 언제 결혼하려고.

작은아버지가 물었다.

형이 그렇게 갔으니까 너희는 잘살아야 돼.

고모가 작은아버지의 등을 때렸다.

너는 좋은 날에 왜 그런 소리를 하냐.

나는 친척들의 그런 말이 가끔은 큰 책무처럼 느껴졌다. 좋은 직장에 다니고, 결혼한 뒤 아이를 낳아서, 아버지 몫까지 잘살아야 된다는 말이. 그건 정말 내 몫일까, 내 몫이라고 부를 수 있나, 아버지의 죽음이 내 삶에 그런 방식으로 작용된다면 나는 그것을 내내 염두에 두고 살아야 하나, 그런 생각이 들었다.

오래 만났대. 결혼하겠지.

엄마는 평소에는 하지 않았던 말을 그 자리를 빌려 처음 꺼냈다. 나는 접시에 놓인 음식을 포크로 뒤적였다. 이제 내게 마음이 없는 것 같아, 라고 말하며 다시 나를 좋아하게 할 수 있는 방법이 있는지 묻고 싶었다. 엄마와 친척들은 나보다 삶의 경험이 많을 테니 알 수도 있지 않을까, 나 역시 평소에는 하지 않았던 터무니없는 생각을 떠올렸다.

결혼식이 끝나고 늦은 밤 준의 집에 도착했다. 문을 열고 들어가자 준은 책상 앞에 앉아 노트북으로 드라마를 보고 있었다.

밥 먹었어?

준은 돌아보지 않은 채 고개를 끄덕였다. 낯선 적막감이 방안을 채웠다. 결혼식은 어땠는지, 축가는 잘했는지, 멀리서 오느라 피곤한 건 아닌지 준이 물어볼 줄 알았는데 대화는 이어지지 않았다. 드라마 속에선 누군가가 고성을 지르며 범인을 쫓아가고 있었다. 나는 옷을 갈아입고 집을 정리했다. 분리수거를 하고 세탁기를 돌린 뒤 설거지를 했다. 사실 집은 깔끔했지만 어떤 일로라도, 어떤 소리로라도 이 적막을 깨뜨려야 한다고 생각했다. 멈춘 시간이 흘러가야 한다고 생각했다. 청소기 전원을 켜자 준이 방에서 나오며 말했다.

피곤할 텐데 얼른 자야지.

나는 청소기를 다시 원래 자리에 갖다뒀다. 소리는 온데간데없이 사라졌다.

모교에서 인터뷰 촬영이 있던 날이었다. 대학교 유튜브 채널에 게재될 영상이었다. 따로 시간을 마련하기가 어려워 강의가 있는 날 오전으로 일정을 잡았다. 사전에 보내준 질문지를 보며 학교로 향했다. 학교와 학생들에게 도움이 될 만한 답변을 하고 싶었다. 소설쓰기와 현재 생활이 어떻게 연결되는지 묻는 질문이 많았고, 나는 내가 거짓말을 할까 덜컥 두려워졌다.

소설을 쓰는 행위로 당장 내가 직면한 문제를 해결할 수는 없었다. 그런 가능성조차 생각하지 않았다. 준과의 관계를 생각하면 소설은 내게 아무런 보탬이 될 수 없었다. 나와 준은 마음이 서로 다르게 기울기 시작한 연인이었다. 소설쓰기로 준과의 관계가 회복된다면, 그게 어떤 소설이든 쓸 수 있었다. 쓰고 싶었다. 하지만 소설은 소설일 뿐이다. 소설은 내 삶에서 그 어떤 힘도 발휘하지 못했고, 발휘되어서도 안 됐다. 내가 직면한 삶이 이러한데 억지로 답변을 만드는 게 과연 맞을까 생각했지만 아무렇지 않은 척 소설을 감싸는 말들을 준비했다. 그것은 기만이 아니다. 분위기를 파악하지 못하고 제 할말만 하는 이기적인 사람처럼 보이고 싶지 않아서였다. 삶에서 소설이 갖는 의미라는 건 그리 거

창하지도, 뚜렷하지도 않으니까. 있는 그대로 말하는 건 어렵지 않았다.

학교에 도착하자 도서관 테라스에 자리가 마련되어 있었다. 마이크를 옷깃에 달고 카메라를 바라봤다. 모든 세팅이 끝난 후 잠깐 시간이 남아 기다리는 동안, 불현듯 학교에 입학하기 직전의 기억이 떠올랐다. 당시 나는 서울에서 살기로 계획했지만 잘 곳이 없었는데 소식을 들은 외삼촌이 집에 남는 방이 있다며 김포로 와서 지내라고 했다. 다만 조건은 주일마다 교회에 나가는 것이었다. 목사인 삼촌이 개척 교회를 설립한 지 얼마 되지 않은 때였다. 엄마는 자기가 불교 신자인데 어떻게 아들을 교회에 보내느냐며 따지다가 서울 집값을 듣고는 군말 말고 삼촌네 가서 지내라고 말했다. 막 제대를 했던 때라 모은 돈이 없었고 생활비도 받지 않겠다는 삼촌의 말에 나는 그 제안을 덜컥 수락했다.

토요일 아르바이트가 밤늦게 끝나면 서둘러 집으로 갔다. 일요일마다 찬송가를 부르고 성경을 읽었다. 어떤 날엔 신도가 없어서 삼촌네 가족과 나만 자리를 채운 적도 있었다. 삼촌은 직접적인 방식으로 나를 전도하지 않았다. 신의 교리에 대해 말한다거나 신앙심을 갖는다는 것이 어떤 의미인지 설파하지 않았다. 나는 그 점이 의아했지만 그래서 좋았고, 삼촌이 강단에서 설교할 때만은 마음이 편해졌다. 그 집에서 살았던 일 년 동안 신앙심은 생기지 않았다. 그러나 삼촌 가족과는 친해져서, 나는 외숙모에게 생활비가 담긴 봉투를 한 달에 한 번씩 건넸다. 삼촌과 외숙모는 오랜 연애 끝에 결혼했는데, 번듯한 직장에 다니던 삼촌이 돌연 목사가 되겠다고 해 신학교 공부를 하는 동안 힘들게 살았다고 했다. 힘들게 산 게 어느 정도인지는 정확히 몰랐지만 세 아이를 키우면서 오랜 시간 공부했으니 쉽지 않은 생활이지 않았을까 추측했다. 아버지가 집에 놀러온 삼촌 차에 쌀 포대를 몇 자루 실었던 기억도 있다. 삼촌 집에서 지내는 동안 삼촌과 외숙모가 언성을 높이거나 아이들이 떼를 쓰는 일은 보지 못했다. 아이들도 내가 혹여 불편함을 느낄까 필요 이상의 말은 건네지 않았다. 삼촌은 대학 입시 실기장에 나를 직접 차로 데려다줬는데 차에서 내리기 전, 그날 처음 내 손을 잡고 나를 위해 기도했다. 나는 삼촌의 조카이자 어린양이었다.

문득 그때 생각이 나서 촬영 관계자가 가까이 오는 소리도 듣지 못했다. 촬영은 별다른 문제 없이 제시간에 끝났다. 관계자는 내게 학교 굿즈가 가득한 쇼핑백을 건네줬다. 준에게 촬영이 끝났다고 문자를 보내자 무슨 촬영을 했는지 물었다. 며칠 전 잠들기 전에 말했는데 기억이 나지 않는 듯했다. 그보다 준은 저녁에 약속이 있는지 물었고, 시간이 괜찮으면 저녁 약속에 함께 가자고 제안했다. 예전 직장 동료였던 선생님을 만나러 간다고 했다. 준이 내게 뭔가를 같이 하자고 제안하는 게 오랜만이라 최대한 빨리 가겠다고 답장했다. 수업을 하는 내내 시계만 바라봤다.

약속 장소에 도착했을 때 준은 평소보다 술에 취해 있었다. 예전 동료인 박 주임 교사도 비슷하게 술을 마신 것 같았다. 나는 그를 사진으로만 봤다. 교장 선생의 갑작스러운 제안으로 주말에 산에 올라 정상에서 찍은 사진에서였다. 하산 후 막걸리를 마시다가 어떤 동료 선생이 등산 같은 건 혼자 하시라고 술김에 말했다는데 그 말을 한 사람이 바로 앞에 앉아 있는 박 주임 교사였다. 그때부터 준은 그와 친해졌다.

박주임이라고 불러요.

내가 호칭을 무엇으로 하면 좋을지 난감해하자 그가 말했다. 준이 학교에 몸담은 것보다 두 배에 가까운 기간 동안 재직중이었다.

나도 딱 너랑 비슷한 시기에 그만두려고 했어.

준은 내 어깨에 머리를 살짝 기댄 비스듬한 자세로 그에게 물었다.

근데 왜 계속 다녀요?

네가 생각하는 그거.

중학생이랬나.

혼자 키우니까 일해야지.

그는 몇 년 전에 이혼했고 아이와는 친구처럼 지낸다고 말했다. 나는 강의를 마친 후에는 목이 말라서 아무 말도 하고 싶지 않아지는데 그날은 어쩐 일인지 준보다 더 많이 말했다. 준은 반쯤 감긴 눈으로 술을 더 시켰지만 맥주 세 잔은 모두 내 입으로 들어갔다. 박주임과 준은 이미 하루치의 대화를 다 나눴는지 눈을 가늘게 뜨고 나를 바라보고만 있었다. 나는 오전에 학교에서 인터뷰한 내용을 이야기했고 새로 시작한 소설에 대해 말하려다가 참았다. 우리를 가만히 바라보던 박주임은 최근에 언제 싸웠는지 물었다. 그러자 준은 싸울 일도 싸울 힘도 없다고 말했다. 그는 서로 원하는 걸 정확하게 알아야 오래 만날 수 있으니 많이 싸우라고 말했는데 나는 그 말에 취기가 올랐다.

반년은 된 것 같은데, 그렇지?

준은 손가락을 하나씩 접으며 뭔가를 셈하고 있었다. 나는 싸웠던 기억을 떠올리고 싶지 않았다. 술을 몇 잔 더 마시고 함께 자리에서 일어났다. 택시에 탄 박주임은 창문을 내린 채 손을 흔들었다. 준은 택시에 타자마자 내 허벅지에 머리를 대고 누웠다.

결혼 안 하고 싶었대.

누가?

저 언니.

준이 잠꼬대를 하듯 웅얼거렸지만 나는 무슨 말을 하는지 알아들을 수 있었다.

근데 후회는 안 한다고 하니까.

라디오에서는 다음날 하루종일 비가 내릴 거라는 예보가 흘러나왔다.

나는 그 마음이 이해가 안 돼.

준이 더듬거리며 내 손을 찾았다.

내일 우산 챙겨줄게.

손을 잡으며 말하자 준은 그제야 잠에 들었다.

12

대걸레로 중창단 연습실 바닥을 닦다가 문득 창밖을 바라 봤을 때 초록색으로 물든 교정이 그날따라 유독 선명해 보 였다. 장마가 끝나서인지 더위가 한풀 꺾인 것 같았다. 여름 이 끝나가는 도시는 한가롭고 무료해서 틈만 나면 옛 생각 이 났다. 이맘때면 동네 뒷산에 올라 버섯을 따며 시간을 보 내곤 했다. 버섯도 따고 열매도 따고 이름 모를 풀을 꺾어 휘두르고 다니다가 산 아래에 버렸다. 대걸레를 벽에 기대 놓은 채 밖으로 나가 화단을 구경했다. 멀리서 선배들이 다 가오며 내 이름을 불렀고 우리는 화단 앞에 나란히 서서 아 주 잠깐 시간을 죽였다. 누군가가 연습하기 싫다고 말하자 누군가는 몇 주 뒤에 대회라는 사실을 상기시켰다. 청주 도심에 있는 교회에서 개최한 중창 대회였다.

떨어질 게 빤해.

중창단 입단을 추천한 기숙사 형이 고개를 절레절레 저으며 말했다.

청주고가 일등 하겠지. 지난 대회에선 대놓고 깔보더라.

단장 선배는 그의 등을 툭 쳤다.

실업계에서 대회에 참가하는 학교는 우리밖에 없어. 걔네보다 역사는 짧지만 내 생각엔 우리가 더 잘해.

선배는 나를 바라봤다.

게다가 1학년도 들어왔고.

중창단에는 3학년이 많았는데 그들에겐 이번이 사실상 마지막 대회였다. 2학기에는 진학과 취업으로 방과후 활동이 제한됐다. 대회에서 우승한다 한들 진학이나 취업에 아무런 도움이 되진 않겠지만 나는 그들이 졸업 전에 꼭 트로피를 받으면 좋겠다고 생각했다.

학교 내에서 중창단의 존재감은 그저 전교 조회 시간에 운동장 단상에 올라 애국가와 교가를 부르는 정도였다. 담당 교사는 과거 대학가요제에 참가한 경험이 있는, 그러니까 입상은커녕 고작 참가했다는 이유만으로 중창단을 떠맡은 사람이었고, 입단 후 한 달 동안 얼굴 한번 마주친 적 없었다. 연습실은 거의 나오지 않았지만 그래도 대회가 있는 날에는 제일 먼저 대회장에 도착해 도시락과 물통을 나눠주며 응원한다고 했다. 긴장을 많이 하는 탓에 객석에 앉아 두 주먹을 바르르 떠는 선생의 얼굴을 무대에서 바라보는 게 소소한 재미라고 단장 선배는 말했다.

입상하면 피아노도 바꿔준대.

반주 담당 선배가 건반 덮개를 치우며 말했다.

연습실도.

선배들은 한두 마디씩 보태며 입상에 대한 기대감을 내보였다. 나는 벽에 기대둔 대걸레를 수돗가로 가져가 빨았다. 운동장에서 아지랑이가 피어올랐다. 엽이 축구를 하다가 수돗가로 뛰어오던 모습이 떠올랐다. 수도꼭지에 입을 대고 물을 마신 뒤 축구복을 벗어 머리를 감다가 옆에 있는 친구들에게 꼭 물을 뿌리던 엽의 웃음소리가 들리는 것 같았다. 방과후 활동을 한다고 하면 뭐라고 할까. 개학 날까지는 열흘 정도가 남아 있었다.

그날 연습은 평소보다 더 오래 진행됐다. 선배들은 노래의 특정 구간에서 입 모양이 서로 다르다며 벽에 걸린 거울을 가져와 한 명씩 모양을 고쳤고, 나는 얼굴을 가까이 보는 게 어색해 교정하는 데 시간이 더 걸렸다. 선배들은 누군가를 혼낸다거나 나무라지 않았다. 기숙사 형만 틱틱거렸는데 말투만 그럴 뿐 악감정이 실려 있진 않았다. 모두가 연습실을 빠져나간 뒤 반주를 담당하는 선배와 둘이 남아 연습했다. 선배는 내게 당분간 오락실 노래방엔 가지 말라고 말했다. 기본기를 익히는 단계에서 노래방에 가면 다시 원래 방식으로 부른다는 것이 그 이유였다. 선배는 교회 청년부에서 반주를 하지만 사실 가장 좋아하는 음악은 록이었고 일본 밴드 엑스재팬의 데야마 도시미쓰의 창법을 흉내내곤 했다. 언젠가 그가 가져온 시디를 연습실에서 재생했는데 모두 홀린 듯 음악을 들었다. 나중에 아르바이트한 돈을 모아 시디플레이어를 샀을 때 나는 그에게 제일 먼저 엑스재팬의 시디를 빌렸다. 〈Week End〉라는 곡을 가장 많이 들었다. 선배는 밴드부에 들어가고 싶었지만 교내에는 없어서 아쉬운 대로 중창단에 들어왔다고 했다.

기숙사로 돌아가 방문을 열자 현의 운동화가 보였다. 내용물이 터질 듯 가득한 쇼핑백이 방 한가운데 놓여 있었는데 금방이라도 옆으로 쓰러질 것 같았다. 목욕 바구니가 없는 걸로 봐선 씻으러 간 듯했다. 나는 악보가 든 가방을 책상 위에 던지다시피 놓고 목욕 바구니를 챙겼다. 욕실로 가는 동안 다른 방들을 지나쳤다. 방학이 끝나가서인지 다른 사생도 여럿 보였다. 머리를 말리던 현은 까맣게 탄 얼굴로 내게 알은체를 했다.

대추 좋아한댔지?

그런 말을 한 적은 없지만 고개를 끄덕였다.

개학식이 있던 날 처음으로 운동장 단상에 올랐다. 전교생이 도열한 모습을 위에서 바라보니 왠지 긴장되고 목소리가 나오지 않아 입만 벙긋거렸다. 옆에서 노래를 부르던 선배가 나를 슬쩍 보고 웃었다. 1학년 10반 줄 중간쯤에 서 있던 엽은 네가 왜 거기 있느냐고 묻는 듯한 얼굴로 나를 바라보고 있었다. 개학식이 끝나고 교실로 돌아가자 반 친구 몇몇이 애국가 잘 들었다며 말을 걸었다. 2학기부터는 번호순이 아닌 학생들의 의사에 따라 짝을 정했는데 엽은 나를 보더니 자신의 옆 의자를 가리켰다. 나는 엽이 가리킨 창가 쪽 의자에 앉아 그날 날짜를 책상 모서리에 적었다. 짝꿍이 된 날짜를 기록하고 싶었다. 새로운 담임선생님이 출석부를 들고 교실로 들어왔다. 그는 간단한 인사말과 함께 출석을 부른 뒤 공지사항을 전했다.

일본에서 학생들이 오는데 누가 재워줄래?

학교와 자매결연한 야마나시 현립 고후공고에서 스무 명

남짓의 학생과 교사로 구성된 방문단이 며칠 뒤 학교에 올 예정이라고 했다. 학교 시설을 견학하고 수업도 참관하는 등 공식적인 행사가 진행될 것이고, 올해는 한국 가정생활을 체험할 겸 홈스테이도 계획되어 있다고 말했다. 우리 반에 배정된 일본인 학생은 한 명이었다. 모두 어리둥절한 표정으로 선생님을 바라봤다.

그냥 며칠 먹여주고 재워주고 하면 돼. 자원할 사람? 기숙사생 빼고.

나를 포함한 몇몇 기숙사생은 안도의 한숨을 쉬었지만 다른 학생들은 선생님의 눈을 피하기에 바빴다. 엽은 갑자기 서랍을 살피는 척 딴청을 부렸다.

이럴 줄 알았지. 그래서 내가 좀 알아봤는데.

선생님은 출석부를 보면서 뜸을 들인 뒤 다시 말했다.

한엽. 조회 끝나면 교무실로.

반 아이들이 모두 엽을 쳐다봤고 엽은 입을 반쯤 벌린 채 나를 바라봤다.

교무실에 다녀온 엽은 미간을 잔뜩 찌푸리고선 의자에 앉아 씩씩거렸다. 앞에 앉아 있던 친구가 뒤로 돌아 무슨 일인지 물었다.

누나가 일어일문학과 다녀.

근데?

그니까, 내 말이. 그거랑 뭐 상관이냐고.

졸지에 일본인 학생을 집으로 데려가야 하는 처지가 된 엽은 심란한 표정을 지었다.

분명 집에서 반대할 거야.

그러고는 전화를 하고 온다며 교실을 나갔다. 나는 중창단에 대한 얘기는 꺼내지도 못한 채 교과서만 뒤적거렸다. 다시 자리로 돌아온 엽이 머리카락을 쥐어뜯으며 말했다.

엄마가 환영한다고 전하래.

수업을 마친 뒤 엽과 함께 시내에 갔다. 딱히 할일이 있어서 간 건 아니었고 집이든 기숙사든 일찍 들어가고 싶지 않아 여기저기 어슬렁거렸다. 엽이 오락실 노래방에 가자고 했지만 중창단 선배의 말이 떠올라서 거절했다.

맞다. 너 아까 왜 단상에 있었던 거야?

공원 벤치에 앉아 개학 전 중창단에 들어간 일에 대해 말했다. 장기를 두는 할아버지들이 언성을 높이며 싸우는 바람에 금방 공원을 벗어났다. 시내에는 점점 교복을 입은 학생이 많아지기 시작했다. 엽은 자신이 다녔던 중학교 교복을 입은 학생들이 보이면 디자인이 별로라며 질색했다. 한복을 개량한 듯한 디자인이었는데 졸업하자마자 버렸다고 했다.

그래서 처음 봤을 때 네 교복이 눈에 띈 거야.

우리는 그렇게 해가 질 때까지 더 걷다가 배가 고파질 즈음 엽의 집으로 향했다. 엽은 학교에서 통화할 때 엄마가 데려오라고 했다며 나를 집으로 이끌었고 내심 기대했던 마음이 들킨 것 같아 부끄러웠다.

현관문을 열고 들어서자 엽의 가족 모두가 나를 반겨줬다. 엽은 가방도 내려놓기 전에 홈스테이를 왜 이리 쉽게 승낙했느냐고 물었다. 누나의 일본어 시험이 코앞이니 공부할 겸 같이 지내면 좋지 않겠냐고 엽의 아버지는 말했다.

식탁에 수저 하나, 침대에 베개 하나 더 두면 되잖아.

누나가 말하자 엽은 도통 이해가 가지 않는다는 얼굴로 노려봤다. 누나는 일어 회화 책을 펼친 채 소파에 앉아 있었다. 엽은 전공 바꾸고 싶다더니, 라고 말하며 화장실로 들어갔다. 저녁이 차려지고 우리는 함께 밥을 먹었다. 지난여름 엽이 우리 동네에 놀러왔던 일과 방학 때 있었던 일들에 대해 얘기했다.

며칠 뒤 가쿠란을 입은 고후공고 방문단이 학교에 도착했다. 전교생이 강당에 모여 방문단을 맞이했다. 교실로 돌아가자 담임선생님은 우리 반으로 배정된 학생을 조회 시간에 소개했다. 야마나시 출생인 와타나베 다이키는 우리와 같은 학년으로 한국어가 유창했다. 한국인인 할머니 덕에 한국 문화에 관심을 갖기 시작했고 이번 방문에도 자원했다고 덧붙였다. 물론 한국인만큼 잘하는 건 아니었기에 간혹 어색하게 문장을 만들기도 했다. 그는 웃을 때마다 덧니가 보였다. 나는 조회가 시작되기 전 엽의 옆자리를 비워뒀고 다이키는 소개를 마친 뒤 그 자리에 앉았다. 엽은 누나에게 배운 것이 빤한 인사말을 서투른 발음으로 건넸다. 다이키는 놀란 표정을 지으며 엽과 악수했다. 나는 그들을 뒷자리에서 지켜보며 속으로 웃었다. 두발 자유인 우리 학교와 다르게 다이키는 머리가 짧았고 등을 의자에 붙이지 않은 채 꼿꼿하게 앉아 있었다.

엽과 다이키는 오후에 박물관 견학이 있어 점심시간이 지나자마자 하교했다. 나는 수업시간에 엎드려 자다가 걸려서 한 시간 내내 복도에 서 있었다. 오후 수업이 끝나고는 연습실로 향했다. 선배들이 오기 전 악보를 정리하고 칠판에 'D-6'을 적었다. 피아노에 내려앉은 먼지를 떠는 동안 연습실에 도착한 기숙사 형은 칠판에 적힌 것을 보고 질겁한 표정을 지으며 지웠다.

야, 심장 터지겠다.

형은 지난 대회에서 너무 긴장한 탓에 가사를 틀렸는데 심사위원이 미처 알아차리지 못해 장려상을 받았다고 말했다. 가사를 틀리지 않았다면 우수상을 받지 않았을까 생각했지만 입 밖으로 꺼내진 않았다. 우리는 다른 선배들이 오기 전까지 가사를 잘 외우고 있는지 서로 확인했다. 형은 또 틀렸다. 대회에 참여하는 곡은 '솔아! 푸르른 솔아'라는 제목의 가요였다. 중창단에서 자주 부른 레퍼토리가 아니었고 처음 부르는 노래인 만큼 평소보다 더 연습량을 늘렸다. 왜 이 곡을 골랐는지 묻자 형은,

아무도 안 부르길래.

라고 답했다. 선배들이 하나둘 연습실에 도착했고 그날도 밤늦게까지 연습했다.

다이키는 금방 반 아이들과 친해졌다. 외국인이 교실에 있다는 사실만으로도 평소와는 분위기가 달랐는데 다이키는 너 나 할 것 없이 먼저 말을 걸며 무리에 섞였다. 엽이 나서지 않아도 모두가 다이키를 챙겼다. 급식을 받기 위해 줄을 서면 다른 반 아이들이 신기해하는 표정으로 다가왔다. 귀찮게 하지 말라는 듯 몇몇이 다이키 앞에 서서 그들을 가

로막았다. 나와 싸웠던 엽의 중학교 동창들도 주변에서 서성이다가 사라지곤 했다. 다이키는 해맑았고 항상 궁금증이 가득한 눈빛으로 교정을 오갔다. 나는 문득 그가 어떤 환경에서 자랐을지 궁금해졌으나 먼저 물어보진 않았다. 그러다 엽이 다이키에게 기숙사를 보여주면 어떻겠냐고 말해 함께 기숙사로 향했다.

사감실에 있던 당직 교사는 심드렁한 얼굴로 우리 셋을 바라보다가 이내 허락했다.

거기 기숙사랑 뭐 다를 게 있다고.

달가워하지 않는 눈치였지만 엽은 얌전히 구경만 하다 가겠다고 약속했다. 선생님들은 대부분 엽을 좋아했다. 기숙사로 오는 길에 엽은 귓속말로 다이키랑 할 게 너무 없다며 귀찮게 해서 미안하다고 말했다. 이미 일본인 학생들이 오가는 모습을 자주 본 사생들은 대체로 관심을 갖지 않았다. 나는 다이키에게 내 방과 휴게실, 컴퓨터실, 욕실을 차례로 보여줬다. 마지막으로 옥상에 데려가자 자기 학교는 옥상 출입이 금지라고 말했다. 우리는 청주 도심의 풍경을 함께 바라봤다. 그가 기지개를 켜며 물었다.

너희는 어떤 사이야?

나는 다이키를 바라봤고, 엽은 나를 바라봤다.

13

자살 유족 또는 자살 생존자를 만나기로 결심하기까지 오랜 시간이 걸렸다. 자살이라는 사건으로 가족을 잃은 사람들을 찾는 것 자체가 쉽지 않은 일이었고, 무엇보다 그들을 만나려는 나의 의도가 구체적이지 않았다. 나는 나와 유사한 경험이 있는 사람들을 만나 그들의 이야기를 소설로 쓰고자 했다.

몇 번의 독자와의 만남에서 기억나는 장면이 있다. 한번은 객석에서 누군가가 행사의 시작부터 끝까지 내내 울기만 했다. 행사가 끝나고 말을 걸자 자신의 동생이 얼마 전에 자살했다며 이야기를 꺼냈다. 나는 행사장을 떠나지 않고 그와 그 자리에서 길게 대화했다. 다른 행사에서는 책에 서명을 하는 동안 어릴 때 어머니가 세상을 떠난 경험을 말해준 사람도 있었다. 용기를 얻었다. 힘을 냈다. 이런 말들이 아니라 작가님도 잘 지내세요, 라는 말을 들었을 땐 설명할 수 없는 유대감을 느꼈다. 이처럼 형용하기 어려운 감정에 휩싸였던 경험들은 출간 후 가장 오래도록 기억에 남는 순간이 되었다. 그런 방식의 만남은 상상하지 못했다. 소설을 쓰는 사람과 소설을 읽는 사람이 동질한 경험을 기반으로 만나 감정을 나눌 수 있다는 사실이 오래 뇌리에 남았다. 나는 그런 사람들을 더 만나고 싶었다.

소설을 쓰고자 하는 생각만 있을 뿐 구체적인 것들은 떠올리지 못했다. 그대로 받아쓰는 일이라면 굳이 소설이라는 형식일 필요가 없었고 그렇다고 인터뷰처럼 채록을 하고 싶진 않았다. 『체르노빌의 목소리』를 집필한 스베틀라나 알렉시예비치는 체르노빌 원자력발전소 사고 목격자들의 이야기를 쓸 때 그 어떤 것도 보태거나 꾸며서는 안 된다고 말한 적이 있다. 그는 듣는 행위에 초점을 맞추었고 나 역시 무엇보다 그들의 이야기를 듣고 싶다고 막연하게 생각했다.

기관이나 재단, 병원, 성당에 메일을 보내기 위해 주소 목록을 짰다. 자기소개와 작업 의도를 설명한 내용을 준비했다. 몇 번이나 고쳐쓰고 준을 비롯해 친한 작가들에게 내용을 봐달라고 부탁했다. 그들의 의견까지 반영한 완성본을 만들었지만 쉽사리 전송하지 못했다. 예정보다 미뤄지며 많은 날들이 지나갔다. 그러다 우연한 기회로 친구의 지인을 만나기로 약속했다. 그는 나와 비슷한 나이에 누나를 떠나보냈다고 했다.

종로에 있는 카페에서 만나기로 약속한 뒤 내 책들을 가방에 넣고 집을 나섰다. 어떤 대화가 이어질지 예상되지 않았다. 긴장감을 안고 지하철을 탔다. 카페에 들어서자 친구가 손을 흔들었다. 친구는 대학생 시절 처음 알게 된 사이로 전공은 달랐지만 졸업 후에 더 친해져 종종 만났다.

앉아. 주차하고 있대.

나는 의자에 앉아 메모장을 열었다. 질문들을 준비했지만 입 밖으로 꺼낼 수 있을지 확신이 서질 않았다. 친구는 소개만 시켜주곤 회사로 들어가보겠다고 말했다.

네 일도 일이지만 언제 한번 둘을 만나게 해주고 싶었거든.

말이 끝남과 동시에 카페 문을 열고 누군가가 들어왔다. 그는 친구가 아닌 나를 보고 터벅터벅 걸어와 맞은편에 앉았다. 친구는 주문한 커피가 나오기도 전에 카페를 나갔다.

작가시죠?

그는 테이블 위에 손을 올리곤 말했다.

저는 책을 잘 안 읽어요. 읽을 시간도 없고.

어쩌면 나보다 더 많은 말을 준비해 온 건 이 사람이 아닐까. 나는 그의 솔직함에 적잖이 놀랐다가 이내 마음을 가라앉혔다.

어떤 이야기가 듣고 싶어요?

나는 커피를 한 모금 마시고 말을 꺼냈다.

제 이야기부터 할게요.

그는 고개를 끄덕였다.

늦은 밤까지 장소를 옮겨가며 우리는 긴 시간 대화를 나눴다. 커피를 마시고 밥을 먹고 다시 커피를 마신 뒤 술을 마시다가 취기가 올라 편의점 앞에서 숙취해소제를 마셨다. 첫차를 타러 지하철역으로 달려가는 그를 쫓아가 가방에 있던 책들을 꺼내 건넸다. 그는 서류가방에 그것들을 넣으려고 했지만 공간이 부족해 몇 권은 손에 들고 다시 지하철역으로 향했다. 그와 나는 각자 어떻게 살아왔는지, 무슨 일을 하는지, 얼마를 버는지, 연애는 하는지, 처음 보는 사이라는 것도 잊은 채 두서없는 말들을 꺼냈다. 나는 준에게 하지 못했던 이야기들도 스스럼없이 했다. 그를 만나기 전 생각했던, 소설을 구상하면서 준비한 질문들은 이야기하지 않았고 그 역시 묻지 않았다. 다음 약속을 기약하려는 마음도 없이 그 순간에만 집중했다. 연락처를 묻지 않았다는 사실 또한 집에 가서야 생각났다. 구체적이고 선명한 형식이 떠오른다면 다시 그를 만날 것이다. 아니, 그와 나처럼 비슷한 경험을 한 사람들을 만날 것이다. 나는 그렇게 홀로 나중을 기약했다.

그날은 준의 집으로 가지 않고 혼자 사는 집으로 향했다. 시간이 늦기도 했거니와 술냄새를 풍기며 들어가 자는 시간을 방해하고 싶지 않았다. 오랜만에 들어간 집은 마치 남의 집처럼 어색한 동시에 낯설었고, 문을 열자 오래전 선물받은 난초가 비쩍 메말라 있었다. 난초를 선물한 건 사이가 각별한 시인이었는데 어느 날 대뜸 내게 주소를 물었다. 생일도 아니고 책을 출간한 것도 아닌데 왜 보낸 거냐고 묻자 난초를 보니 형이 생각났어, 라는 답장이 왔다. 난초의 이름을 알려줬는데 이제는 기억나지 않았다. 미안한 마음에 한동안 난초를 바라봤다. 동봉한 화분이 깨진 채로 도착해 동네 꽃집에서 비싼 화분을 산 기억이 떠올랐다. 술기운이 거의 사라지고 정신이 들어 쓰레기봉투에 난초를 담았다. 발바닥에 뭔가가 자꾸 밟혀서 보니 좁쌀만한 애벌레들이 죽어 있었다. 불을 켜고 방안을 다시 살피자 쓰레기통 옆에 묶어둔 봉지 주변으로 죽은 애벌레들이 쌓여 있었다. 지난번에 집에 왔을 때 분명 쓰레기통을 비웠는데, 봉지를 열어 자세히 보니 먹고 남긴 단팥빵이 곰팡이와 함께 악취를 풍기고 있었다. 나는 동이 틀 때까지 집을 쓸고 닦았다.

마치 이 집이 나를 밀어내는 것 같았다. 당장 집을 정리하고 준과 새집에서 새로운 생활을 시작하고 싶었다. 그렇게 준에게 말하고 싶었다. 준, 같이 살자. 이렇게 내내 살 수도 있겠지만, 우리 이젠 정말 같이 살자. 흔히 말하는 대로 시기를 놓친 걸까. 항상 타이밍이 문제라고 하던데. 불을 끄고 누워 잠에 들기 전 휴대폰으로 달력을 봤다. 함께 보낸 계절들이 꿈속으로 미끄러졌다.

누나는 출산한 아이와 함께 찍은 사진을 보내왔다. 남자아이였는데 태어난 직후라 누굴 닮았는지 가늠하기 어려웠다. 아직 이름을 짓지 않아서 나더러 한번 생각해보라고 말했다. 작가잖아, 삼촌이 지어주면 좋지. 작가와 작명은 아무런 상관이 없다고 말하려다가 설명하기 귀찮아 대충 말을 돌렸다.

누나가 병원에 들어가기 이틀 전부터 엄마는 전전긍긍하더니 도저히 안 되겠다며 누나를 찾아갔다.

나랑 골격이 비슷해서 애 낳을 때 고생할 거야. 내가 알지.

누나는 엄마가 옆에 있는 게 더 심란하다며 한사코 거절했지만 며칠 치 옷까지 챙겨온 엄마를 말릴 수는 없었다. 아이를 출산하고 산후조리원에 들어가기 전까지 엄마는 누나 곁에 있었다.

애가 목청이 얼마나 크던지. 장군감이야.

엄마의 들뜬 목소리가 휴대폰 너머로 들려왔다. 나는 읽던 책을 덮었다.

너 태어날 때는 울음소리가 너무 작아서 동네 사람들이 다 걱정했어. 할머니도 울고.

나는 병원이 아닌 시골집에서 태어났는데 동네에서 유명한 산파와 할머니가 나를 받았다. 할머니는 그때 내 엉덩이를 너무 세게 때렸다며 종종 미안하다고 했다. 나는 딱 한 번 할머니가 죽었다고 거짓말을 한 적이 있다. 대학생 때 주말마다 경륜장에서 아르바이트를 했는데 일이 너무 힘들어 하루만 쉬면 좋겠다고 생각했었다. 팀장에게 할머니 장례식에 간다고 문자를 보냈다. 팀장은 상을 잘 치른 뒤 서류를 가져오라고 말했지만 몇 주가 지나도록 가져가지 않았다. 인터넷으로 서류를 위조하는 방법을 검색했다. 결국 팀장실에 찾아가 거짓말이었다고 고백했다. 이 주 뒤 아르바이트를 그만두게 됐고, 육 개월 뒤에 할머니가 세상을 떠났다. 할머니가 위독하다는 소식을 듣고 병원으로 향하던 기차에서 나는 창밖으로 뛰어내리고 싶었다. 내 탓인 것 같았다. 할머니는 백 살에 가까운 나이에도 지병이 없었다. 친척들 중 내가 가장 늦게 도착했는데 고모는 내 손을 잡으며 할머니가 지금까지 나를 기다린 것 같으니 얼른 들어가보라고 말했다. 할머니가 누운 침대 옆에 앉자, 친척들은 밥을 먹으러 가보겠다며 병실을 나섰다. 나는 몇 번이고 할머니에게 사과했다. 사과가 될 수 없다는 사실은 누구보다 잘 알고 있었다. 할머니는 내 말을 들을 수 없었을 것이다. 친척들이 다시 돌아오기 전에 할머니는 세상을 떠났다. 나라도 임종을 지켜서 다행이라고 친척들은 말했다. 다행이라고 말할 수 없었다. 그 무엇도 다행이지 않았다. 의사는 할머니가 잠들듯이 죽음을 맞이했다고 말했고, 조문객들은 금요일 저녁에 돌아가셨으니 호상이라고 말했다. 죽음을 감싼 말들이 장례식장을 떠다녔다. 나는 부조금을 받는 책상 앞에 앉아 사흘 내내 자리를 지켰다. 다른 친척들이 교대를 하자고 해도 억지를 부렸다.

엄마는 언제쯤 아이를 보러 올 건지 물었다. 누나가 연락하면 그때 날짜를 비워보겠다고 답했다. 사진에 있는 아이의 얼굴을 오래 들여다봤다. 인터넷 서점에서 '작명법'을 검색했다. 두 권을 장바구니에 넣었다가 삭제했다.

14

어떤 사이냐니?

다른 애들보다 친해 보여.

넌 그 학교에 그런 친구 없어?

학교 밖에선 잘 안 만나.

집에 초대도 안 해?

다이키는 별걸 다 물어본다는 표정으로 엽을 바라보다가 문득 뭔가 떠오른 듯 손목에 걸친 지샥 시계를 봤다. 한 시간 뒤 교내 야구부 경기를 참관하는 일정이 있다고 말했다. 엽이 자신도 가야 하는지 묻자 다이키는 인솔 교사의 말을 따라 했다. 도모다치모 잇쇼니. 엽은 고개를 가로저었다.

평소 차분하던 다이키는 경기 시작과 동시에 가만히 자리에 앉아 있지 못할 정도로 열렬히 응원했다.

근데 너 어디 응원하는 거야?

엽이 묻자 그는 당연히 이 학교를 응원한다며 학교 깃발이 걸린 왼쪽 더그아웃을 가리켰다. 상대 학교 깃발이라고 내가 말하자 다이키는 코를 긁으며 머쓱해했다. 고후공고에는 야구부가 없어서 이런 경기를 직접 보고 싶었다고 말했다. 그는 타자가 안타를 칠 때마다 소리를 질렀다. 다른 일본인 학생들도 비슷한 반응이었는데 엽을 포함한 모교 학생들만 딴짓을 했다. 파울 홈런볼이 관중석으로 날아오다가 담장 뒤로 넘어갔다. 다이키는 말릴 새도 없이 재빨리 달려가서 공을 주워 왔다. 다른 일본인 학생들이 몰려갔고 서로 돌아가며 공을 손에 쥐었다. 공은 어떤 의식처럼 손에서 손으로 넘어가다 다시 돌려받은 다이키는 그것을 다른 학생에게 줬다.

오후에는 강당에서 팽이 대회가 예정되어 있었다. 엽과 다이키는 팽이 만들기 키트를 받아왔다. 한국과 일본이 합심해 경기에 참여하는 것이 대회의 목적인 듯했다. 2인 1조라 나는 옆으로 빠졌다. 그들은 한정된 재료를 두고 고심하다가 하마터면 제한 시간을 넘길 뻔했다. 한눈에 봐도 약해 보이는 팽이였는데 어느덧 결승전에 진출했다.

이러다 우승하는 거 아니야?

엽은 결승 경기에 들어가기 직전 나를 향해 소리쳤다. 학생들이 점점 더 많아졌고 이내 함성소리가 강당을 가득 채웠다. 엽이 팽이를 던지자 다이키는 주먹을 불끈 쥐며 팽이에 대고 일본어로 소리쳤다. 삼판이승 중 한 경기도 패하지 않고 우승했다.

다이키는 우승 상품이 담긴 상자를 바닥에 내려놓았다. 상자를 열자 학교명이 각인된 컵과 달력, 노트, 연필이 가지런히 담겨 있었다. 엽은 다이키에게 자신은 필요 없으니 전부 가져도 좋다고 말했다. 해가 저물기 시작해 운동장이 주황빛으로 물들어갔다. 다이키는 피곤한 기색도 없이 이제 어디로 갈 거냐고 물었다. 마침 기숙사를 향해 걸어가는 현이 보였다. 나를 보고 다가온 그에게 엽과 다이키를 처음 소개했다. 셋을 나란히 두고 봐도 닮은 구석이 하나도 없었는데 그들은 마치 오래 알고 지낸 사이처럼 말을 섞으며 운동장을 벗어났다. 나는 일정한 거리를 두고 뒤에서 그들을 따라갔다. 교문을 지날 때쯤 갑자기 웃음이 나왔고 셋은 내 웃음소리를 듣더니 걸음을 멈추며 뒤로 돌았다.

왜 웃어?

어디 갈까?

......

각자 다른 반응을 보이며 혼자 우두커니 서 있는 나를 기다렸다. 멀찍이 떨어져 그들을 바라보는 순간이 정말 좋았다.

홈스테이 마지막날 엽의 집에서 다 같이 저녁을 먹었다. 엽의 어머니는 한식당을 운영하는 지인을 불러 식탁이 넘치게끔 음식을 차렸다. 다이키는 원래도 뭐든 잘 먹었는데 그날은 대화도 하지 않고 음식을 집어먹었다. 엽의 누나는 여전히 회화 책을 옆에 두긴 했지만 일본어로 대화를 하진 않았다. 식사를 마친 뒤 과일을 먹는 동안 다이키는 자신의 가정사를 고백했다. 중학생 때 부모님이 이혼했고 자기는 아버지와 함께 살며 엄마와 여동생은 다른 도시에서 지낸다고 말했다. 일 년에 두 번, 다이키와 여동생의 생일에 그들은 도쿄에서 모였다. 패밀리 레스토랑인 사이제리야에서 만나 각자가 준비한 선물을 교환했다. 점원이 눈치를 줄 때까지 드링크 바를 이용한 뒤 노래방이나 오락실에 갔다. 때로는 호텔에 묵은 뒤 다음날까지 시간을 보냈지만 이제는 막차가 끊기기 전에 헤어진다고 했다. 다이키는 자기 가족의 형태를 의심하지 않았다. 언젠가 헤어지는 게 아쉬워 울적

한 표정을 짓고 돌아서자 여동생은 다이키에게 문자를 보냈다. 이렇게라도 가족이잖아. 그는 그 말을 부적처럼 새기고 있었다.

네 가족은 어때?

다이키는 돌연 나를 향해 질문했다.

서른 살 무렵 문득 다이키가 생각난 적이 있었다. 일주일간의 홈스테이를 마치고 일본으로 돌아간 다이키는 종종 편지를 보냈다. 관광명소가 찍힌 엽서 뒷면에 근황과 안부가 쓰여 있었다. 나중에는 엽서 대신 메일을 주고받았는데 언젠가부터 엽은 다이키에게 메일을 쓰지 않았다. 나 역시 한 달에 한 번씩 보내던 메일이 두 달에 한 번, 세 달에 한 번, 일 년에 한 번으로 줄어들다가 자연스럽게 연락이 끊겼다.

도쿄에 가기 며칠 전 메일함을 뒤져 메일을 보냈다. 휴면 계정이 되었거나 메일 주소를 바꿨을지도 모른다고 생각해 답장은 기대하지 않았다. 항공기가 이륙하기 직전 벨트를 매던 중 휴대폰으로 메일이 도착했다는 알람이 왔다.

기치조지에 올 수 있어?

무사시노시市에 위치한 기치조지역은 도심에서 떨어져 있어 역을 오가는 사람이 적었다. 갑자기 불어온 바람처럼 지나간 시간들이 휘몰아쳐 아득해진 기분으로 개찰구를 바라볼 때 다이키가 그곳을 빠져나오고 있었다. 고등학생 때 얼굴 그대로 나이가 든 다이키는 내가 다이키, 하고 부르자 다가와 손을 내밀었다. 그는 학교 운동장에서 그랬던 것처럼 덧니를 보이며 활짝 웃었고 단골 술집으로 가자며 팔을 잡아 이끌었다. 우리는 소품 숍이 즐비한 상점 거리를 빠르게 걸었다.

술집에 앉아 새벽까지 술을 마셨다. 늦기 전에 긴자에 있는 숙소로 가야 한다고 말하자 그는 자기 집에서 아침까지 대화를 나누자며 나를 설득했다. 나는 결국 고개를 끄덕였고 그는 웃으며 따듯한 사케를 시켰다.

나만 도쿄에 살아. 뿔뿔이 흩어졌어.

도쿄에서 일 년에 두 번 만났다는 그의 가족들이 떠올랐다. 나는 어떤 사정이 있었는지 묻지 않았다. 어떤 말을 해도 안 좋은 소식일 것 같았다. 점원이 테이블에 올려둔 도쿠리를 들고 다이키의 잔을 채웠다.

결혼도 했었어. 넌?

나는 고개를 가로저었다. 대학생처럼 보이는 무리가 시끌 벅적하게 떠들며 가게 안으로 들어왔다. 우리는 가게를 나섰다. 서로의 어깨가 닿을 듯 말 듯 비틀거리며 편의점에 들

어가 술을 샀다. 다이키의 집은 연립주택 일층이었고 우리
는 집으로 들어가 방바닥에 상을 차린 뒤 해가 뜰 때까지 대
화를 나눴다. 다이키는 잠들기 직전에야 엽은 잘 지내는지
물었다.

중창 대회 날 아침, 현은 응원하러 가지 못해 미안하다며
대추차를 끓여줬다.

엄마가 알려줬는데 목에 좋대.

나는 군말 없이 들이켰다.

맛은 없어.

연습실에 도착해 악보를 챙기고 선배들이 오기 전까지 거
울을 보며 입 모양을 교정했다. 담당 선생님이 먼저 연습실
에 도착해 출석 인정 신청서를 내밀며 서명을 해두라고 말
했다. 그는 이마에 흐르는 땀을 손수건으로 연신 닦아냈다.
얼굴이 하얗게 질려 있어서 대회가 시작하기도 전에 쓰러
지는 건 아닐까 걱정이 들었다. 선배들에게도 서명을 받아
두라 이른 뒤 대회장으로 먼저 출발하겠다며 연습실을 떠났
다. 창밖으로는 이제 막 등교하는 학생들이 보였다.

대회 이틀 전, 누나는 청주에 올 일이 있다고 연락했다.
학교 근처로 갈 테니까 나와. 누나가 보낸 문자를 읽다가,

나는 하는 수 없이 중창 대회에 나간다고 얘기했다. 누나는 재밌겠다며 구경을 오겠다고 답장을 보냈다. 오지 말라고 해도 막무가내였다. 누나는 뭔가를 하기로 마음먹으면 꼭 하고 마는 사람이었기에 나는 마지못해 교회 위치를 알려줬다. 정말 올지는 알 수 없었다. 가족 앞에서 노래를 부르기가 싫어 금방 잠들지 못하고 뒤척였다.

대회장에 가기 전 연습실에서 선배들과 함께 노래를 처음부터 끝까지 완창했다.

이렇게만 부르고 내려오자.

단장 선배는 만족한 얼굴로 말했다.

우리는 시내버스를 타고 교회로 향했다. 여느 학생이라면 교실에 있을 시간이라 그런지 다른 승객들이 의아하게 바라봤다.

단복 맞추자니까.

한 선배가 혼잣말을 하듯 말했다.

우리 나가면 너네는 꼭 맞춰. 옷에 중창단이라고 크게 박아.

2학년 선배들이 고개를 끄덕였다. 버스는 어느덧 교회 앞에 도착했다.

어떻게 노래를 불렀는지 기억이 나지 않을 정도로 우리 차례는 순식간에 끝이 났다. 무엇을 잘했는지보다 무엇을 틀렸는지 떠올려봤는데 아무도 실수하지 않았다고, 자기가 듣기엔 연습 때보다 잘했다고 담당 선생님이 말했다. 그는 울 듯한 표정으로 한 명씩 차례로 껴안았다. 대회에 참가한 모든 학교의 합창이 끝나고 시상식에서 이등으로 호명됐을 때, 우리는 기쁘다기보다 얼떨떨했다. 단장 선배가 무대에 올라 상패를 받고 내려왔다. 대회를 구경 온 단원의 가족들이 다가와 수상을 축하해주었다. 나는 멀찍이 떨어져 집에 전화를 할까 하다가 말았다. 함께 밥을 먹으러 가자는 담당 선생님의 제안을 거절하던 중에 누군가 등을 툭 쳤다. 엽과 다이키였다.

애가 몰래 오자고 했어.

엽은 다이키를 가리키며 말했다. 다른 선배에게 꽃다발을 빌려 셋이 사진을 찍었다. 다이키는 사진을 꼭 보내라며 메일 주소를 알려줬다. 혼자여도 괜찮다고 생각했지만 막상 보니 좋았다. 고맙다는 말은 꺼내지 않았다.

대회장에서 나와 주차장으로 향하는데 누나가 멀리서 황급히 뛰어오고 있었다.

끝났어?

엽은 누나를 향해 인사했다. 다이키도 덩달아 고개를 숙였다.

친구들이 있었네.

내 생각을 미리 읽은 것처럼 누나가 말했다.

아빠가 너 밥 사주러 가라고 했어. 자기들은 못 온다고.

누나는 지갑을 꺼내 흔들었다. 택시를 타고 다 함께 시내로 향했다. 다이키는 방문단과 함께 저녁을 먹어야 한다며 학교 정문에서 내렸다. 엽은 시내에서 제일 맛있다는 경양식 식당으로 누나를 안내했다.

그로부터 일 년 반 뒤 졸업식에 누나는 한번 더 나를 보러 왔다. 아버지가 돌아가신 뒤였고 엄마는 빚을 갚으려는 사람들을 피해 여기저기 거처를 옮겨다니던 때였다. 나는 엄마에게 혼자 졸업식에 가도 상관없다고 말했다. 엄마는 공중전화 수화기 너머로 조금 흐느꼈고 졸업식 소식을 괜히 전한 것 같아 서둘러 전화를 끊고 싶었다. 휴대폰 개통하면 다시 연락할게, 엄마가 말했다. 졸업식이 시작되기 전 강당으로 향하는데 동네에서 봤던 어른들이 나를 불러세웠다. 엄마 안 왔니. 애 졸업식엔 올 줄 알았는데. 나는 강당으로 들어가는 다른 친구들의 뒷모습을 바라봤다. 네 엄마 바뀐 전화번호 알려줘. 누군가 물었다. 번호 없어요. 졸업식이 곧 시작될 것 같았다. 거짓말하지 말고, 얼른. 나는 내 휴대폰을 건네며 거짓말이 아니라고 말했다. 휴대폰을 열어 이것저것 살피던 그들은 체념한 듯 고개를 저었다. 너한테 미안하다. 네가 이해해. 졸업 축하하고 이거 가져가. 아버지와 가장 친했던 어른이 주먹만한 카네이션을 내 손에 쥐여줬다. 나는 그것을 화단에 버리곤 홀로 강당으로 향했다. 그때는 엽도, 현도 학교에 없었다. 친구들이 없어서인지 강당으로 가는 길이 무척 낯설었다.

졸업식을 마치고 나오자 운동장 단상 아래 누나가 서 있었다. 나는 잘못 본 줄 알고 그대로 지나칠 뻔했다. 누나가 꽃다발을 든 채 내게 손짓했다.

사진은 남겨야지.

누나는 가방에서 콘탁스 카메라를 꺼내며 말했다. 지나가는 사람에게 부탁해 학교 건물을 배경으로 나란히 섰다. 카메라를 든 사람이 김치, 라고 외치며 셔터를 눌렀다. 그가 여러 번 셔터를 누르는 동안 우리는 한 번도 웃지 않았다.

15

준은 여름휴가를 맞이한 친구와 함께 며칠간 여행을 간다고 말했다. 부산 가볼 만한 곳, 부산 맛집, 부산 명소, 부산 휴가. 준은 검색창에 뭔가를 썼다가 지우길 반복했다. 나는 꽤 오래전 군 전역 직후 친구들과 다녀온 게 전부라 도움이 될 만한 말을 해줄 수 없었다. 기내용 트렁크에 짐을 싸는 준을 보면서 혹시라도 빼먹은 건 없는지 어깨 너머로 확인했다.

내일 엄마 잠깐 온대.

준의 가족들은 자주 번갈아가며 준의 집에 들렀다. 반찬을 새로 만들었거나, 외근을 나왔거나, 약속 장소가 근처라는 이유로 집을 찾아왔다. 나와 함께 산다는 사실을 이미 알고 있는 것 같았으나 집을 나서기 전에는 항상 내 흔적을 말끔히 정리하곤 했다. 어느 날에는 내심 마주치고 싶다는 생각을 했지만 준에게는 말하지 않았다. 커피나 차를 준비한 뒤 가족 중 누군가를 맞이하는 상상을 했다. 준이 없는 집에서 준의 가족과 준에 대해 말하는 상상을.

준이 어떤 의도로 말했는지 잘 알고 있기에 별다른 대답 대신 기차표는 잘 끊었는지, 숙소는 어디에 있는지 물었다.

걱정하지 마.

예약 안 했으면 내가 해줄까?

준은 고개를 가로저었다. 이른 새벽, 해가 뜨기 전 준을 깨웠다. 눈을 반만 겨우 뜬 채로 준은 집을 나섰다.

준의 어머니가 집에 오는 시간에 맞춰서 밖으로 향했다. 주말이라 거리를 오가는 사람이 많았다. 집 근처 근린공원 벤치에 앉아 운동하는 사람들을 구경하다가 노트북을 두고 왔다는 것을 뒤늦게 깨달았다. 가방에는 반쯤 남은 생수와 전날 사용한 수업 자료, 초콜릿이 전부였다. 책이라도 한 권 넣어둘걸 후회하다 고개를 들어 공원에 심긴 나무들을 비집고 내리쬐는 햇빛을 구경했다. 열기를 머금은 바람이 땀이 흐르는 이마를 아주 잠깐 스쳤다. 갈 곳이 없네, 그런 생각을 하다가 더 나쁜 쪽으로 기우는 마음을 밀어내며 벤치에서 일어났다.

준과 자주 갔던 산책로를 걸었다. 언젠가 폭설이 예고된 새벽, 파자마 위에 롱패딩을 걸친 채로 산책로에 점점 쌓여 가던 눈을 구경하다가, 준이 눈밭에 그대로 드러누워 배영 하듯 팔다리를 움직인 적이 있다. 감기에 걸릴 거라고 일으 켜세우려 했지만 준은 꿈쩍도 하지 않아 덩달아 옆에 누워 눈 내리는 하늘을 바라봤다. 그렇게 누워 있으니 눈 쌓이는 소리가 들리는 것 같았다. 제설하는 사람들이 바라보는 시 선이 민망해져 얼른 일어나려고 하자 준은 뭐 어때, 라고 말 했었다.

그날 함께 누웠던 자리를 바라보다 그 자리에 혼자 털썩 앉았을 때, 불현듯 깨달았다. 울면서 매달리거나 다시 잘해 보자는 말로 해결될 일이 아니겠구나. 눈 내리는 겨울을 준 과 한번 더 맞이하면 좋겠지만 그런 일은 없을 것이다. 나는 그 시간을 받아들일 수 있을까, 준과 웃으면서 남이 될 수 있을까, 좋은 이별이라는 말은 믿어본 적도 경험한 적도 없 었지만 이번엔 믿어야 하나, 그런 생각들이 뒤죽박죽 머릿 속에서 엉킬 때쯤 자리에서 일어났다.

동네 카페에 들어가 커피를 주문한 뒤 구석으로 가 앉았 다. 개들이 많이 오는 카페였는데 개도 사람도 없어서 한산

했다. 엄마가 불쑥 문자를 보내왔다. 그날 몇시에 올 거야? 무슨 날인가 싶어 전화를 걸었고 엄마는 아버지 기일이라고 말했다. 음력으로 셈을 하다보니 해마다 날짜가 헷갈렸는데 내가 그럴 줄 알았다는 듯이 엄마는 일주일 전에 미리 문자를 보낸 거였다. 얼마 전부터 엄마 무릎에 물이 차서 제사는 지내지 않고 납골당에만 가기로 했다. 수술 날짜까지 잡힌 마당에 무릎에 무리가 가면 안 되는 상황이었다. 엄마는 괜찮다고 했지만 내가 말렸다. 누나가 잔소리할 텐데. 걱정하는 엄마에겐 아이 키우느라 바빠서 신경쓰기 어려울 거라며 달랬다.

큰아버지가 지병으로 돌아가셨을 때 가문의 모든 제사를 우리집으로 가져온 적이 있었다. 한 달에 적게는 세 번, 많게는 여섯 번 제사를 지냈다. 온 가족의 일상이 제사를 중심으로 돌아갔다. 일 년 내내 향냄새가 집안을 가득 채웠고, 엄마는 제사 음식을 하느라 허리가 안 좋아져 수시로 병원에 갔다. 아버지는 다른 친척들에게 전화를 걸어 제사를 나눠서 하자고 제안했다. 그런 건 큰아버지 다음으로 가장 큰 어른이 맡아서 하는 거 아니냐며 친척들은 하나같이 거절했다. 아버지는 죽은 조상들 때문에 살아 있는 가족들이 고통받는 경우가 어딨느냐고 말한 뒤 모든 제사를 절에 일임했다. 친척들이 화를 내자 아버지는 앞으로 명절에 모이는 일도 없을 거라고 잘라 말했다. 명절에 모여봤자 애엄마만 일하지. 그뒤로 명절에 친척들이 찾아오지 않아 우리는 우리만의 시간을 보냈다. 제사 음식이 아닌 다른 음식을 만들어 먹었다. 엄마는 점점 건강을 되찾았다.

일주일 뒤 본가에 내려가자 엄마는 소파에 앉아 티브이를 보고 있었다. 에어컨을 켜지 않아 집안이 무척 더웠는데 엄마는 아랑곳하지 않는 것 같았다. 나는 직감적으로 무슨 일이 생겼다는 것을 알 수 있었다.

네 누나 때문에 못살겠다. 내가 죽어야 끝나지.

누나와 싸울 때면 항상 듣던 말이라 그러려니 했지만 옷소매로 눈물까지 훔치는 엄마를 보니 상황이 심각한 것 같았다. 엄마는 누나와 나눈 카카오톡 대화창을 보여줬다. 이번 아버지 기일에 제사를 지내지 않는다고 하자 누나는 엄마에게 만나는 사람 생겨서 그런 거냐고 따졌다.

내가 누구 만나는 게 무슨 죄라고 이렇게 말하니.

대화를 마저 읽었다. 누나는 꺼내서는 안 될 말까지 꺼냈다.

네 누나는 아직도 아빠가 죽은 게 내 탓이라고 말해.

나는 휴대폰으로 누나에게 전화를 걸었다. 누나는 전화를 받는 대신 아이를 재우는 중이라며 메시지를 보냈다. 지금 엄마와 함께 있고 누나가 무슨 말을 했는지 다 아니까 얼른 전화를 받으라고 답장했다. 제사를 지내는 성의라도 보여야 한다느니 그게 대체 무슨 말이냐고 직접 묻고 싶었다. 엄마와 누나는 여태껏 이 일로 몇 번이나 싸운 뒤 화해했는데 또 같은 일을 반복하는 것이 도무지 이해가 가지 않았다. 누나는 아버지의 죽음을 엄마의 약점으로 삼지 않겠다고 약속한 적이 있었다. 하필 두 사람이 싸웠고, 하필 엄마가 집을 비웠던 거라고. 자식들은 모르는 이유가 둘 사이에 작용한 거라고. 그렇게 겨우 통과한 우리 가족의 시간을 누나는 다시 되돌리려 했다. 나는 그 점을 참을 수 없었다. 엄마는 음소거를 해둔 티브이를 멍하니 바라보고 있었다. 옆얼굴에 로션 섞인 하얀 땀이 흘러내렸고 나는 휴지를 가져와 엄마의 얼굴을 닦아주었다.

누나가 금방 미안하다고 할 거야.

위로가 되지 않는다는 걸 알면서도 나는 매번 같은 말을 꺼냈다.

해가 지기 전 막걸리와 약과를 사서 납골당으로 출발했다.

그로부터 한 달이 채 지나지 않았을 때, 엄마는 누나와 함께 찍은 사진을 보내왔다. 일을 마치고 준의 집으로 들어가던 길이었다. 준은 새벽에나 돌아온다고 했다. 사진 속 누나는 아이를 품에 안고 있었다. 곧바로 엄마는 전화를 걸어 누나가 소고기와 미역을 사 들고 집으로 찾아왔다고 말했다. 며칠 뒤면 엄마 생일이었다.

용돈도 줬어.

엄마는 누나가 할말이 있다며 전화를 바꾸려 했고 말릴 새도 없이 연결되었다. 누나는 사과했다. 나는 대답 대신 아이 이름은 지었느냐고 물었다. 시아버지가 작명소에서 돈을 주고 지어왔다고 누나는 말했다. 나는 알겠다고만 말한 뒤 급하게 전화를 끊었다. 엄마와 누나의 일은 그렇게 해결되었지만, 문을 열고 들어서면 이제 내가 받아들여야 하는 일이 눈앞에 있었기 때문이었다.

새로운 화분이 거실 중앙에 놓여 있었다. 고사리를 닮은 식물이었는데 정확한 이름은 알 수 없었다. 예전엔 화분을 직접 사거나 선물을 받으면 준이 들뜬 얼굴로 화분을 만지작거리며 설명을 해주곤 했다. 하지만 이 화분은 아무리 생각해도 기억이 나질 않았다. 물은 이틀에 한 번만 주래, 창문 가까이 두지 말라고 하더라. 일이 바빠 준이 신경쓰지 못할 땐 알려준 대로 식물을 길렀다.

준은 언젠가부터 그간 하지 않았던 일들을 하나씩 실행했다. 나는 그것이 차근차근 이별을 준비하는 준의 방식이라고 생각했다. 이불 커버를 새로 바꿨고, 냉장고에 쌓인 음식물을 정리했으며, 의류 수거함에 넣을 옷들을 구석에 쌓아뒀다. 점점 내 차례가 다가오는 것 같았다. 나도 곧 이 집에서 없어질 것이다. 내색하지 않았다. 눈치를 챘어도 아무것도 모르는 사람처럼 반응하지 않는 것을 택했다. 다 알지만, 믿고 싶지 않았다. 옷도 갈아입지 않은 채 화분을 바라보고 있을 때 준이 문을 열며 들어왔다.

　화분이 있네.

　어제 샀어.

　준은 그대로 방에 들어가 옷을 갈아입었다. 나는 식물 이름을 알려주는 앱을 설치했다.

16

다이키가 일본으로 돌아간 다음 학기에 나는 기숙사에서 퇴사했다. 같은 구역을 청소하는 사생과 싸움을 한 게 원인이었다. 사생들은 임의로 조를 배정받아 교내 건물을 청소했는데 급식실을 함께 청소하기로 한 사생이 일주일 내내 모습을 보이지 않았다. 동급생이었던 그는 사흘이 더 지나고 청소 시간이 끝나갈 무렵에야 슬리퍼를 끌며 급식실에 나타났다. 그러고는 청소를 하는 대신 건물 옆에서 담배를 피웠다. 빗자루를 건네주자 난데없이 나를 밀쳤다. 넘어지자마자 곧바로 주먹을 날려서 몇 대 맞았는데 그뒤로 어떤 일이 벌어졌는지 기억이 나지 않는다. 마침 근처를 지나던 야구부원들이 모여들어 싸움을 부추겼다. 나는 셔츠가 찢어졌고 그는 슬리퍼를 잃어버렸다. 사감은 우리를 학생주임실로 데려갔다. 다음날 무슨 이유에서인지 나만 기숙사에서 나가라는 통보를 받았다.

괜찮아. 나도 나가려고 했어.

현이 대수롭지 않게 말해줘서 나도 대수롭지 않게 생각했다. 나는 혹시나 현이 마음에 들지 않는 룸메이트를 만나게 될까 걱정했었다. 현은 대학생인 친형과 함께 방을 얻었다고 말했다.

부모님에게 연락을 했다간 당장 시골로 돌아오라고 말할 게 뻔했다. 잠잘 곳이 없어 걱정하던 참에 현은 자취하는 친구를 소개해줬다. 교실에서 어색하게 인사를 나눈 후 그가 사는 집으로 갔다. 상가 건물 옥탑방에는 이미 열 명에 가까운 친구들이 교복을 입은 채로 잠들어 있었다. 발 디딜 곳도 없어 신발을 벗을까 말까 망설이는 사이 그는 괜찮다며 곤히 잠든 다른 친구의 등을 발로 툭 찼다. 우리 학교 교복이 아니었다. 나는 바닥에 겨우 몸을 구겨 누웠다.

소식을 들은 엽은 수업이 끝날 때까지 심각한 표정을 짓고 있었다. 나는 들고 나온 짐이랄 것도 얼마 없어서 교실에 있는 사물함에 전부 쑤셔넣었다.

일단 우리집에 가자.

그로부터 한 달 뒤 나는 엽과 함께 자취를 시작했다.

엽의 아버지가 운영하는 공장이 호황기를 맞아 이전하기로 결정됐다. 엽은 전학을 가고 싶지 않다고 말했다. 아버지는 엽의 자취를 반대했지만 어머니는 찬성했다. 서울에서 대학을 다니던 누나도 엽의 편을 들었다. 내가 기숙사에서 퇴사한 소식을 전하자 누나는 손뼉을 치며 말했다. 얘랑 둘이 살면 되겠네. 그렇게 방 두 개짜리 집을 계약하고 부동산에서 나오던 날 엄마들끼리 통화했다. 가구와 식기 등의 살림살이는 엽의 부모님이 마련했다.

집은 학교에서 이십 분 정도 걸어가면 도착할 거리에 있었다. 집 앞에 초등학교가 있어서 운동장을 뛰어다니는 아이들의 웃음소리가 들렸다. 엽은 나더러 큰방을 쓰라고 말했지만 결국 우리는 작은방에 짐을 몰아넣고 큰방에서 함께 지냈다. 엽은 수학여행 온 것 같지 않냐고 우스갯소리로 말했다.

그즈음부터 나는 학교에 나가고 싶지 않았다. 슬슬 진학과 취업 중 하나를 정해야 하는 시기였다. 무엇을 선택하느냐에 따라서 교과목이 바뀌었고 학교 일과에도 변화가 생겼다. 나는 그 무엇도 정하고 싶지 않아 진학과 취업을 묻는

설문지를 매번 백지로 제출했다. 담임선생님은 면담 시간에 이유를 물었지만 사실 이유랄 게 없어서 입을 꾹 다물었다. 칠판에 몸을 기댄 자세로 엉덩이를 세 대 맞았다. 선생님은 고개를 절레절레 저으며 말했다. 다음 번호 들어오라고 해.

꼭 정해야 될까?

매점에서 만난 엽과 현에게 말하자 시답잖은 소리를 한다는 듯 쳐다봤다. 엽은 진학을, 현은 취업을 결정한 상태였다.

유급하지 마.

최악이지, 그건.

둘은 언젠가부터 친해져서 죽이 잘 맞았다.

중창 대회에서 입상한 후로 학교 교무처는 이전보다 더나은 지원을 약속했지만 예상 밖의 문제가 생겼다. 대회에 참가하려면 파트별로 한 명씩은 있어야 했는데 새로 가입을 희망하는 단원이 없었던 것이다. 이도 저도 아닌 상황이라 학교 행사에만 참가했다. 선배들이 졸업하고 중창단에는 나를 포함해 세 명만 남아 있었고 그마저도 연습실에 잘 나타나지 않았다. 텅 빈 연습실에서 피아노 건반에 내려앉은 먼지를 닦으면 선배들과 연습했던 나날들이 꽤 오래된 옛일처럼 느껴지곤 했다. 3학년 선배들은 졸업하는 날 연습실에 모여서 마지막 인사를 건넸다. 평소 감정 표현이 없던 단장 선배도 연습실 열쇠를 내게 쥐여주며 눈물을 보였다.

엽은 하교 후에 입시 학원을 다니기 시작했다. 내신 성적이 상위권이라 조금만 더 공부하면 실업계 특별전형으로 대학에 갈 수 있을 거라고 말했다. 엽은 다른 도시에 있는 공대에 입학하는 것을 목표로 삼았다.

이따 집에서 봐.

엽은 교문을 빠르게 빠져나가며 말했다. 집에서 보자는 말이 익숙하지 않아 대답 없이 손만 흔들었다.

나는 곧장 집으로 가지 않고 당구장으로 향했다. 당구를 친 적도, 배운 적도 없었다. 언젠가 엽이 당구를 가르쳐주겠다고 했는데 아무래도 잊은 듯했다. 혼자 집으로 가는 게 싫어 무료한 시간을 달랠 겸 당구장으로 발걸음을 옮겼다. 문을 열자마자 매캐한 담배 냄새와 공이 부딪치는 날카로운 소리가 정신을 아득하게 했다. 대부분 아저씨들이었지만 교복을 입은 학생도 여럿 보였다. 팔 토시를 낀 사장이 큐대를 내려놓으며 내게 다가왔다. 혼자 왔다고 말하자 잘못 듣기라도 한 것처럼 재차 물었다. 당구를 배운 적이 없다고도 말했다. 당구장을 운영한 지 십 년 만에 이런 손님은 처음 본다면서, 나를 흘깃 바라보는 다른 아저씨들과 함께 헛웃음을 지었다. 사장은 말만 퉁명스럽게 할 뿐 요구르트에 빨대를 꽂아주며 잠깐만 기다리라고 말했다.

저 게임만 이기고 올 테니까 여기 있어봐.

요구르트를 다 마실 즈음 사장은 게임에 져서 돌아왔다. 한참을 씩씩거리다가 내게 큐대를 잡아보라고 말했다.

공고? 거기 애들 많이 오는데 처음 보네.

다른 사람들의 자세를 훔쳐보며 엉성하게 큐대를 잡자 사장은 한숨을 쉬면서 기본적인 자세부터 알려줬다. 그러고는 '4구 스피드 당구'라는 제목이 적힌 책을 한 권 내밀었다.

틈틈이 알려줄 테니까 읽고 와.

사장은 이용료의 반값만 받았다. 나는 그날부터 학교를 마치면 시간이 날 때마다 당구장으로 향했다.

당구장을 나서자 어느새 사위가 어둑했다. 달리 갈 곳이 없어 집으로 향했다. 집주인 할머니가 사는 마당을 지나면 이층으로 향하는 계단에 장독대가 놓여 있었다. 할머니는 장독대에 간장과 된장이 담겨 있으니 오르내릴 때 항상 조심하라고 당부했다. 주인 할머니는 옆의 어머니와 교회에서 알고 지낸 사이였다. 이층에 살던 신혼부부가 아파트로 이사를 가면서 우리가 살게 됐다. 어머니는 할머니가 일층에 있어서 그나마 마음이 놓인다고 말했다. 할머니는 장독대에 대한 당부만 할 뿐 우리 생활에 일절 관여하지 않았다. 가끔 반찬이나 과일이 든 그릇을 문 앞에 놔두곤 했다. 엽의 아버지는 전세 계약서를 쓴 뒤 인사를 할 겸 찾아와서는 할머니에게 우리를 손주처럼 생각해달라고 말했다.

젊은 사람이 싱거운 소릴 다 하네. 나 손주 없어.

그 집에 사는 동안 할머니는 우리를 한 번도 손주처럼 대하지 않았다.

대문을 열고 들어서자 창문 너머로 티브이 소리가 들려왔다. 할머니는 보이지 않았고 사과가 담긴 바구니만 문 앞에 있어 두 개를 주머니에 넣었다. 계단을 오르는데 옆집 개가 나를 보고 짖었다. 문을 열고 집안으로 들어섰다. 거실 불을 켠 뒤 엽이 벗어놓은 반바지를 세탁기에 넣었다. 엽은 저녁을 먹지 말고 기다리라고 문자를 보내왔다. 우리는 할 줄 아는 요리가 없어서 매 끼니 라면을 먹었다. 신라면 한 박스, 짜파게티 한 박스를 사서 번갈아 끓였다. 교복에 라면냄새가 밸 지경이었다. 엽을 기다리는 동안 당구장에서 받아온 책을 꺼내 읽었다. 그러다 잠이 들었고 엽이 계단을 오르는 소리에 눈을 떴다. 엽은 용돈을 받았다며 치킨을 사왔다. 기름냄새를 맡자 허기가 일었다. 우리는 상도 없이 바닥에 신문지를 깔고 살점을 발라먹었다. 당구장에서 받아온 책 위에 닭 뼈를 쌓았다.

이 책은 어디서 난 거야?

학교 근처 당구장에 다녀왔다고 말하자 엽은 젓가락을 내려놨다.

거기 가지 마.

별다른 설명 없이 무작정 가지 말라고 하기에 그럴 만한 이유가 있을 거라고 생각했지만 정작 입에서는 다른 말이 나왔다.

너 학원 가면 나 할 거 없어.

같이 학원 다니자. 대학교도 같은 곳으로 가고.

그런 생각을 안 해본 것은 아니었다. 엽과 함께 대학교를 다니면 즐거운 일이 많겠지. 대학교가 아니어도, 공장을 다녀도, 아니 그 어디가 됐든 내내 웃을 것이다. 하지만 그런 미래가 내게 허락되지 않을 것 같다는 불안한 예감이 들었다. 한번 자리잡은 불안은 떨치려 할수록 분명한 형태로 머릿속에 각인되었다.

17

준의 집에서 소설 원고를 쓰던 중에 현관문을 여는 소리
가 들렸다. 외출을 하고 돌아온 준은 곧장 옷방으로 가지 않
고 거실 테이블 맞은편에 앉았다. 할말이 있는 건가 싶어 노
트북을 닫았다. 준은 어깨를 으쓱했다.

그냥. 요새 통 대화를 안 했잖아.

준은 단정하게 묶은 머리를 풀며 말했다. 조금 지쳐 보였
는데 밖에서 어떤 일을 하고 왔는진 물어보지 않았다. 무슨
말을 꺼내면 좋을지 고민하는 사이 준이 물었다.

오늘 뭐했어?

학교 다녀왔어.

수요일마다 수업 있지. 말해줬는데 까먹었네. 그리고?

예전에 말한 소설. 그거 쓰고 있지.

어떤 거?

메일 보낸다고 말했던 거. 나랑 비슷한 경험이 있는.

준은 한참을 생각하다가 아, 하고 손뼉을 쳤다. 그러곤 웃었다. 그즈음의 준은 자주 근심 있는 눈빛이나 무표정으로 허공을 바라봤다. 준은 웃으며 아랫입술을 씹었다. 초조하거나 불안하면 나오는 습관이었고 꼭 그러다가 피가 났다. 피가 나기 전에 나는 매번 엄지로 준의 아랫입술을 쓰다듬었다. 그러면 준은 하던 행동을 멈췄다. 그런 과정이 자연스러웠던 날들이 떠올랐다. 준의 얼굴로 향하려던 손을 거뒀다. 만질 수 없었다. 이제 준은 내가 말리지 않아도 입술을 오래 씹지 않았다.

얼마 전 친구의 지인을 만나 아침까지 대화를 나눈 일을 이야기했다. 준은 중간중간 고개를 끄덕이거나 팔짱을 낀 채 상념에 빠졌다. 그 일만으로는 소설을 쓰기 어려워 다른 방법을 생각하는 중이라고 말을 덧붙였다. 준은 한참 생각하다가 이해가 가지 않는다는 표정을 지으며 말했다.

멀리서 찾을 필요 있어? 그 친구 있잖아.

나는 고개를 갸웃했다.

그때 말한 친구. 고등학교 때 같이 살았다고 했던.

창밖으로 오토바이가 경적을 울리며 지나갔다. 처음엔 준이 누구를 말하는 건지 이해하지 못했다가 갑작스럽게 육박하는 감정과 기억에 어지럼증을 느꼈다. 나는 그를 잊고 살았다. 아니, 정확히 말하면 그를 지우고 살았다는 표현이 맞을 것이다. 그 일 이후로 나의 삶은 그를 어떻게 지울 수 있을지, 다시 말해 내 삶에서 어떻게 그 기억을 덜어낼 수 있을지 혼자 분투하던 시간이었다. 그를 떠올리는 것 자체가 내게는 발바닥에 땀이 날 정도로 공포스럽고 두려운 일이었다.

준은 조심스레 물었다.

가족들은 지금 어디 살아?

나는 마른침을 삼켰다.

18

뉴질랜드 남섬에 자리한 퀸스타운공항에 도착했을 때, 서둘러 항공기에서 내리려는 승객들을 지켜보며 창문 덮개를 만지작거렸다. 햇볕이 강해 허벅지가 델 것처럼 뜨거웠다. 비행중 창문 너머로 만년설 쌓인 산맥들이 컴퓨터그래픽처럼 펼쳐졌는데 잠깐 잠들었더니 그런 풍경들은 꿈에서나 스친 것 같았다. 승객들이 모두 빠져나간 뒤 배낭을 메고 좌석에서 일어서자 문 앞에 선 승무원이 두 손을 흔들며 배웅했다.

공항 규모가 작아서 밖으로 나가기까지 오랜 시간이 걸리지 않았다. 새 한 마리가 입국 심사장을 날아다녔고 그제야 외국에 도착했다는 사실이 실감났다. 공항 주변으로는 고요

하고 목가적인 풍경이 펼쳐졌다. 숨을 들이마신 뒤 길게 뱉었다. 하늘을 반쯤 가릴 정도로 높게 솟은 산을 보느라 목이 뻐근했다. 택시를 잡기 위해 정류장으로 향하는데 등산객 무리가 떠들썩하게 언성을 높이며 지나갔다. 그들은 서로 사진을 찍어주고 주변 경관에 감탄하기 바빴다. 나와는 무관한 일이었다. 여행을 목적으로 이곳에 왔다면 어땠을까. 괜한 상상을 하며 택시에 올라탔다. 턱수염이 쇄골까지 자란 기사는 주소를 보고는 엄지손가락을 척 내밀었다. 무슨 뜻인지 도착지까지 가는 내내 궁금했는데 차가 멈추고 나서야 이해할 수 있었다. 그 집은 와카티푸호수를 배경으로 아름답게 자리잡고 있었다.

엽의 누나와는 쉽게 연락이 닿았다. 나와 마찬가지로 누나 역시 예전 번호를 그대로 사용하고 있었다. 누나는 놀라는 기색도 없이, 마치 내 연락을 기다리기라도 한 것처럼 문자를 보내자마자 몇 분 뒤 전화를 걸어왔다.

언젠가 한 번은 네가 연락할 것 같았어.

누나는 뜸을 들이다가 다시 말했다.

아니, 연락하길 바랐어.

짧은 안부를 주고받는 동안 이런저런 사실을 알게 됐다. 엽의 가족은 엽이 고등학교를 졸업한 뒤 얼마 지나지 않아

뉴질랜드의 작은 마을에 정착했다. 부모님은 식당을 오래 운영하다가 몇 년 전 퀸스타운에 펜션을 차렸다. 누나는 오클랜드에서 대학원까지 졸업한 뒤 최근에 결혼했다. 나 역시 근황을 전했는데 소설을 쓴다고 하자 적잖이 놀란 반응이었다. 통화를 하고 있으니 잠깐 동안 누나의 모습이 기억났다. 항상 거실에서 반겨주던 얼굴이 오래된 사진처럼 머릿속에 스쳤다. 나는 현재 작업중인 소설에 대해서도 말했다. 꼭 그런 이유만은 아니라 오랜만에 누나와 부모님을 만나고 싶다고 말을 덧붙였다. 누나는 부모님과 이야기를 나누고 적당한 날짜를 알려주겠다고 답했다.

엄마가 좋아하겠다. 다시 연락할게.

누나는 며칠 뒤 날짜와 주소를 보냈다. 대학교 학기중이라 중간고사 기간에 맞춰 휴강 계획을 잡았다. 맘 같아선 더 오래 머물고 싶었으나 현실적으로 허락되는 건 일주일이었다.

준에게 함께 가자고 제안했지만 새로 등록한 학원 때문에 시간을 내기가 어렵다고 답했다. 준은 언젠가부터 영어 학원과 운전면허 학원에 다니기 시작했다. 직장을 알아보는 대신, 그간 바빠서 하지 못했던 일들을 하나씩 실행할 계획이라고 했다. 예전엔 여행지 사진을 보여주면 서서히 관심을 가졌는데 이번엔 아무런 반응도 보이지 않았다. 일하러 가는 거잖아, 가서 얘기 잘 나누고 와. 준은 분명하고 단호하게 거절했다. 공항으로 가는 날, 나는 키위새 인형을 사오겠다고 약속한 뒤 집을 나섰다.

누나가 보내준 문자를 다시 확인하며 열쇠가 담긴 보관함부터 찾았다. 엽의 부모님은 다른 도시에 있다가 저녁에 올 예정이었고 누나도 비슷한 시간에 도착한다고 했다. 숙소비는 받지 않았다. 그때도 집에 자주 놀러왔잖아, 누나는 말했다. 내가 머문 곳은 큰 창문 너머로 호수가 보이는 방이었다. 나는 배낭을 열어 한국에서 가져온 식료품을 테이블 위에 올려뒀다. 발코니에 놓인 의자에 앉아 설산을 배경으로 펼쳐진 호수를 바라봤다. 산책로를 따라 뛰던 사람들이 눈인사를 건넸다. 이름 모를 새들이 수면 가까이 날았다. 장시간 비행에 노곤해진 탓에 잠이 쏟아졌다. 준에게 연락해야지, 생각하다가 앉은 채로 잠에 들었다. 새가 지저귀는 소리만 잠깐씩 들렸다.

얼마나 잠들었을까, 유람선 경적소리에 잠에서 깼다. 문득 어떤 위화감과 함께 몸에 한기가 돌았다. 왜 여기에 있는 걸까, 준을 혼자 둬도 될까, 갑작스럽게 그런 생각이 들었다. 평소에는 느끼지 못한 서글픈 기분이었다. 나는 엽에 대한 기억이 떠오르는 것을 지연시키고 있었다. 외투를 챙겨 입은 뒤 집을 나섰다. 해가 저물기 시작해 호수 위로 석양이 졌다. 노을빛으로 물드는 수면을 바라보며 무작정 걸었다. 텐트에서 책을 읽는 사람과 강아지를 산책시키는 사람, 수영을 마치고 타월로 몸을 닦는 사람을 마주쳤다. 공원을 지날 땐 갑작스럽게 강풍이 불어 눈을 뜨기가 힘들었다. 보트와 카누가 보일 즈음 저멀리 관광객들이 모여 있는 시내가 시야에 들어왔다. 그곳까진 가지 않았다. 사진을 찍어 준에게 전송했다. 멋진 곳에 있네, 준은 바로 답장했다. 산책을 마치고 왔던 길을 되돌아갔다.

방으로 향하는 계단 앞에 누군가 서 있었다. 뒷모습만 봐도 누군지 알아차릴 수 있었지만 갑자기 부르면 놀랄 것 같아 한동안 바라만 봤다. 누나는 까치발을 들고 방을 들여다봤다. 초인종을 누르면 될 텐데, 누나는 내가 모습을 보이길 기다리는 것 같았다. 설산 너머로 해가 지자 주위는 금방 어스름해졌다. 나는 그림자가 짙어지는 땅을 바라보며 발로 흙을 툭툭 찼다.

길에서 마주치면 못 알아보겠다.

누나는 입을 손바닥으로 가리며 놀란 듯이 말했다. 나는 천천히 다가가면서 인사했다. 어릴 땐 엽과 누나의 얼굴이

닭았다고 생각하지 않았는데 누나와 눈을 마주치고 있자니 엽이 선명히 떠올랐다. 이미 충분한 시간과 감정을 겪었다고 생각했다. 누나는 울었고 나는 참았다. 설산 위로 달이 떠오르고 있었다.

벽난로 속에서 타오르던 장작불이 서서히 사그라들었다. 엽의 아버지가 마트에서 사온 양고기는 생각보다 질겨 오래 씹어야 했다. 내가 껌을 씹듯 고기를 우물거리자 어머니는 그런 나를 지긋이 바라봤다.

젊을 때 이 안 좋으면 늙어서 고생하는데.

아직 괜찮아요.

괜찮긴. 얘도 치과 다니느라 돈 많이 썼어.

왜 갑자기 내 얘기야.

어릴 때 치과 안 간다고 울고불고. 지금은 얼마나 다행이니.

누나는 턱을 과장되게 움직이며 음식을 씹었다. 그 모습을 보고 모두 웃었다. 장작을 가지러 나갔던 아버지는 현관문을 열고 들어오며 손바닥에 묻은 먼지를 떨었다.

아침에는 더 춥겠어.

나는 자리에서 일어나 장작을 받아들었다.

물이 가까워서 그 방 춥다. 여기서 자.

몸에 열이 많아서요. 괜찮아요.

어머니는 아버지 옷에 묻은 나뭇잎을 떼며 말했다.

잠은 편하게 자야지. 우리랑 자면 잠이 오겠어? 그때도 엽이 방에 들어가면 해가 중천에 떠야 나왔는데.

밤이 되자 동네는 이상하리만큼 적막했다. 도로를 오가는 자동차들도 온데간데없이 자취를 감춘 것 같았다. 이따금 수면에서 뭔가가 튀어오르는, 아마 물고기로 짐작되는 소리가 멀리서 들려왔다. 부모님과 누나는 그 적막을 채우기 위해 끊임없이 말하고 움직이는 것 같았다. 아니, 나 역시 적막 뒤에는 어떤 말을 꺼내야 할지 알기에 평소보다 더 오래 음식을 먹었다. 이렇게 만났다는 사실만으로도 우리는 어떤 의미를 주고받은 것과 다름없었다. 침묵 위로 많은 이야기가 떠다녔다. 벽난로에 장작을 넣고 불쏘시개로 불을 지피던 아버지는 헛기침을 한 뒤 내게 말했다.

엄마는 건강하신가?

안 그래도 오기 전에 연락했어요.

그러고 보니 네 엄마랑은 한 번을 못 만났다.

아버지는 불쏘시개로 더 깊이 장작을 휘저었다.

장작에 물이 고인 것 같네. 이즈음부터 호수에 물안개가 생기거든.

166

처음에 왔을 땐 참 장관이었는데. 이젠 불편하다니까.

어머니는 벽난로에 가까이 다가가며 말했다.

돈벌이는 괜찮아? 작가는 배고프다던데.

아빠, 그거 다 옛말이야. 요즘은 돈 잘 버는 작가도 많대.

어느새 자리를 비웠던 누나까지 다가와서 말을 보탰다. 나는 해당이 안 된다고 말하려다가, 글쓰는 일 말고도 여러 돈벌이를 하는 중이라고 설명했다.

우리 얘기를 소설로 쓴다고 재미가 있으려나. 사람 사는 거 다 똑같지.

어머니는 그렇게 말하곤 방바닥에 깔린 카펫을 바라봤다.

저도 잘 모르겠어요.

어느새 불이 붙은 벽난로에서 온기가 전해졌다. 아버지는 벽난로 앞에 그대로 앉았고, 누나와 어머니는 나란히 서로의 몸에 기댄 채 소파에 앉아 타오르는 장작더미를 바라봤다. 나무가 타들어가는 소리만이 거실을 채웠다. 누나는 밤이 더 늦기 전에 보여줄 것이 있다며 자리에서 일어나더니 이층으로 향하는 계단에서 내게 손짓했다. 나는 누나를 따라 계단을 하나씩 밟았다.

불을 켜자 이층 복도 끝에 방문이 보였다. 형광등 아래 자잘한 먼지가 날아다녔다.

주말에 청소했는데. 사람이 없으니까 먼지가 쌓여.

누나는 한 손으로 허공을 휘젓곤 방문을 열었다. 방안에는 침대와 옷장 등 생활에 필요한 최소한의 가구만 자리잡고 있었다. 누군가 사용한 기색이나 어지럽힌 흔적은 찾아볼 수 없었다. 그 단정함이 부자연스럽게 느껴졌다. 모든 사물이 제자리에 있었다.

그때 이후로 그대로 뒀어.

누나는 말했다. 벽 중앙에 엽의 사진이 담긴 액자가 걸려 있었다. 성인이 된 엽의 얼굴은 길에서 마주치면 알아보지 못할 정도로 낯선 인상을 풍겼다. 내가 모르는 엽의 얼굴이었다. 나는 한동안 사진에서 눈을 떼지 못했다. 옛 기억이 떠오른다거나 슬프진 않았다.

장례식에 못 갔어요.

누나는 내 말을 듣곤 고개를 끄덕였다.

이 동네에서 가족끼리 했어. 어차피 멀어서 못 왔을 거야.

나는 침대 위에 놓인 이불을 매만졌다. 고등학생 때 엽과 늦은 밤까지 노느라 기숙사에 가지 못하면 누나가 꺼내주던 이불의 촉감이 생각났다. 당시 내가 소속되고 싶었던 엽의 가족에게는 그 어떤 불행도 일어나지 않을 것만 같았다. 하지만 시간이 지날수록 더이상 그런 막연한 생각을 하지 않았다. 우리 가족의 불행 역시 그 누구도 예상하지 못했으니까. 누나는 마치 내 생각을 읽은 것처럼 말했다.

계속 이유를 찾다가는 우리가 못 살겠더라. 그래서 우리 방식으로 받아들였어.

누나는 옷장으로 다가가 문을 열었다. 엽의 옷들이 가지런히 걸려 있었다. 그 사이로 익숙한 교복이 보였다.

아버지가 돌아가신 직후에 나와 엄마는 아버지의 옷과 신발을 드럼통에 넣고 태웠다. 누가 볼까 무섭다는 듯이. 장례식을 마치고 집에 도착하자마자 장롱과 신발장을 비웠다. 옷이 이렇게 없었나, 엄마가 말했고 나는 드럼통 밖으로 불길이 새지 않게 천천히 그리고 오래도록 그것들을 태웠다. 아버지가 입학식이나 졸업식 같은 특별한 날에만 신던 랜드로바 로퍼를 마지막까지 태우지 못하자, 엄마는 그러다 아버지가 저승에 맨발로 갈지도 모른다고 말했다. 사진 앨범을 드럼통에 넣기 전, 한 장을 꺼내 몰래 주머니에 넣었다. 이제 아버지가 담긴 사진은 그 한 장이 유일했다.

누나는 먼저 내려가 있겠다며 방을 나갔다.

19

수업이 끝나고 가방을 챙겨 교실을 나가려는데 엽이 불쑥 팔을 잡았다. 무슨 일이냐고 묻자 엽이 말했다.

오늘 학원 안 가려고.

수능일까지는 한 달 정도 남아 있었다. 엽은 지난번에 내가 한 말이 신경쓰였는지 등교해서부터 하교할 때까지 학교에 있는 내내 곁에 붙어 있었다. 학원이 끝나면 다른 곳으로 가는 법 없이 곧장 집으로 돌아왔다. 나는 괜찮다고 말했지만 엽은 그럴 때마다 내 볼을 툭툭 쳤다. 수능이 지나고 졸업식마저 끝나면 자연스레 멀어질 텐데, 그런 생각을 들킬까봐 최대한 티를 내지 않았다.

어디 갈 거야?

교문을 나서며 엽이 물었다. 나는 그간 하루도 빠짐없이 당구를 배우던 중이라 엽에게도 당구장에 가자고 말했다. 엽은 마음에 들지 않는 눈치였지만 달리 갈 곳도 없어 함께 당구장으로 향했다.

성인이 된 후에 엽을 떠올리면 항상 그날을 먼저 생각하곤 했다. 그때 그곳에 가지 않았으면 어땠을까, 예전처럼 시내에 가서 하염없이 걷거나, 지하상가에 들러 잡다한 물건들을 구경했다면. 오락실에서 격투기 게임을 하면서 서로를 놀리거나, 아니면 그냥 그대로 집으로 돌아갔다면. 수많은 상황을 가정하는 과정에서 느낀 것은 무력감과 한탄이 전부였지만, 그래도 나는 여러 가능성을 생각했다.

당구장에 들어서자 사장님이 보이지 않았다. 평소보다 손님이 적어 빈 당구대가 많았고 엽은 익숙하게 교복 상의를 벗어 옷걸이에 걸었다. 내가 의아하게 바라보자,

나 여기 자주 왔어. 저기 쟤네랑.

엽은 턱짓으로 구석을 가리키며 말했다. 엽이 가리킨 곳에는 등을 보인 채 게임에 열중하고 있는 우리 학교 학생들이 보였다. 어딘가 낯이 익은 것 같았다. 엽이 큐대를 고르는 사이 한 명이 뒤를 돌아봤다. 오래전 점심시간에 햄버거를 사기 위해 학교 밖으로 나갔다가 싸운, 엽과 중학교를 함

께 다녔다던 그애였다. 그는 나를 보곤 다른 친구에게 귓속 말로 뭔가를 전했다. 나는 손바닥이 축축해지는 것을 느꼈다. 당구공끼리 강하게 부딪치는 소리가 들렸다.

오랜만에 왔더니 잘 안 되네.

엽은 그들이 여기 있다는 사실이 대수롭지 않다는 듯 큐 대에 초크를 묻히며 말했다. 그들은 서서히 우리를 향해 걸 어오더니 나를 지나쳐 곧장 엽에게 다가갔다. 셋은 모두 그 사이에 키가 큰 것 같았다.

너희는 아직도 여기서 노냐.

그럼 넌. 어떻게 아직도 저딴 새끼랑 어울리냐.

엽은 큐대를 내려놓고 헛웃음을 지었다.

대학 가겠다고 학원 다닌다며.

뭔 대학이야, 안 어울리게.

많이 물러졌네.

그들은 한마디씩 말을 꺼내며 엽의 반응을 기다렸다. 엽 은 여전히 웃고 있었다. 그러곤 당구장 내부를 스윽 살피다 가, 그들의 뺨을 차례로 때렸다. 모두 맞고만 있었다. 그중 나를 욕했던 애는 한 대를 더 맞았다. 엽은 빨개진 손바닥을 들여다보며 말했다.

이죽거릴 줄도 알고.

그때 문을 열고 사장님과 몇몇 사람이 들어왔다.

너희들이 쟤 때린 거 내가 모르는 줄 알지.

사장님이 외투를 벗으며 눈을 가늘게 뜨고 엽을 바라봤다.

요새 통 안 보이더니 오랜만에 왔네.

엽은 몸을 숙여 인사했다. 그들은 서둘러 원래 자리로 돌아간 뒤 짐을 챙겨 당구장을 빠져나갔다.

집으로 가는 동안 엽은 아무런 말도 하지 않았다. 나 역시 조용히 집까지 걸었다. 대문 앞에 집주인 할머니가 앉아 있었다. 바닥에 신문지를 깔고 감을 손질하던 할머니는 이 시간에 둘이 함께 오는 건 처음 본다며 알은체를 했다.

저게 감나무야.

이층 현관문에 드리운 나뭇가지를 가리키며 할머니가 말했다. 감이 주황빛으로 익어 땅으로 떨어지기까지 나는 그것이 감나무라는 사실을 전혀 알아차리지 못했다.

저런 것도 좀 보면서 살아라.

엽은 할머니 옆에 주저앉아 일을 거들었다. 칼을 들어 감 꼭지를 따고 껍질을 벗겼다. 할머니는 그런 엽을 말리지도 말을 보태지도 않았다. 엽은 익숙하게 감을 손질했다. 나는 엽이 손질한 감을 입으로 가져갔다. 떫은맛이 났다. 할머니는 저녁 안 먹었으면 반찬을 챙겨주겠다고 했지만 엽은 사양했다. 우리는 자리에서 일어나 이층으로 향했다.

한 봉지 남았어.

엽이 라면 박스를 뒤적이며 말했다. 다시 신발을 신고 슈퍼로 가려는 엽을 불러세운 뒤 냄비에 물을 올렸다.

나눠 먹자.

우리는 교과서 위에 냄비를 올려두고 라면을 나눠 먹었다.

다음날, 평소보다 일찍 집에서 나왔다. 간밤에 잠을 설친 탓이었다. 엽은 더 자고 싶다며 이불로 얼굴을 가렸다. 날이 많이 추워져서 집을 나서기 전 엽이 자주 입는 점퍼를 꺼내 입었다. 나 이거 입는다, 말하자 엽은 이불 밖으로 손을 내밀어 동그라미를 그렸다.

교실에는 나 혼자뿐이었다. 난로를 담당하는 주번도 등교하지 않은 이른 시간이라 실내에 한기가 돌았다. 나는 의자에 멀뚱히 앉아 있다 후드를 뒤집어쓴 채 엎드려 잠을 청했다. 다리가 오들오들 떨렸다. 수업 시작 전에 엽이 깨워주겠지, 생각하며 눈을 감았다.

누군가 내 등을 툭 치며 깨웠다. 잠결에 소란스럽고 웅성거리는 소리를 들었는데 그저 반 친구들이 떠드는 것이라고 생각했다. 뾰족한 뭔가가 등에 닿았다. 소름이 돋았다. 누군가 장난을 치는 건가, 엽의 손가락인가 생각하면서 후드를 벗었다.

움직이지 마.

앞자리에 앉아 있어야 할 친구들이 모두 칠판 쪽으로 가서 있었다. 그들뿐만 아니라 다른 친구들도. 누군가는 손바닥으로 입을 막고 있거나 사색이 된 얼굴로 뭔가를 두려워하고 있었다. 내 뒤에서 분명 무슨 일이 벌어지고 있다는 걸 직감했다. 움직이지 말라고 말한 그 떨리는 목소리의 주인을 확인하고 싶었다. 몸을 뒤로 조금 움직이자 점퍼가 뚫리는 소리와 함께 등에 따가운 감촉이 느껴졌다.

개새끼야, 가만히 있으라고!

누가 좀 말려봐, 저거 진짜 같은데, 이런 말들이 들려왔다.

너 죽일 거야.

턱에서 딱딱 소리가 났다. 내 몸이 떨리는 건지, 등에 닿은 게 떨리는 건지 알 수 없었다. 그때 교실 문이 열리고 누군가 들어왔다. 나는 고개는 고정한 채 곁눈질로 문을 바라봤다. 엽이었다. 엽은 나를 보다가 내 뒤에 있는 사람에게 시선을 옮겼다. 대수롭지 않은 눈빛으로, 놀라는 기색도 없이 문을 닫았다.

나 여기 있는데.

엽의 옷을 입고 있어서 나를 그로 착각했다는 사실은 나중에야 알게 됐다. 엽은 다른 책상에 가방을 내려놓고 천천히 다가왔다. 등에 닿아 있던 무언가가 떨어졌다. 나는 자리에서 일어나 뒤를 돌아봤다. 당구장에서 엽에게 뺨을 맞은 애가 칼을 들고 서 있었다.

그거 줘.

엽은 내 앞을 지나쳤다. 내 등에 잠시 손을 대는 것이 느껴졌다. 그는 얼굴이 빨개진 상태로 엽을 향해 칼을 들이밀고 있었다.

달라고.

엽이 말하자 그는 눈을 내리깔았지만 몸은 움직이지 않았다.

곧 선생님 오잖아. 얼른 줘.

그는 체념한 듯 엽에게 칼을 건넸다. 엽은 교실 뒤편 사물함에 칼을 넣었다. 얼마 지나지 않아 선생님이 교실로 들어왔고 다들 서서 뭘 하는 중이냐 물었다. 엽은 차분히 주위를 둘러봤다. 반 친구들은 약속이라도 한 것처럼 입을 다물고 각자의 자리에 앉았다.

점심시간이 시작될 무렵 엽은 그에게 다가갔다. 자리에 앉아 멍하니 앞을 바라보던 그는 엽이 다가오자 이제 어떤 일이 벌어질지 안다는 듯이 고개를 숙였다. 아침의 소동을 겨우 잊고 있던 반 친구들 모두 하던 일을 멈추고 엽과 그를 바라봤다. 엽은 그의 뺨을 때렸다. 뺨을 때리는 횟수가 늘어갈수록 교실이 조용해졌다. 그러다 교실 문이 열리고, 아마도 엽의 다른 친구들로 보이는 애들이 들어와 그의 뒷덜미를 잡고 일으켜세웠다. 그들은 그렇게 교실 밖으로 사라졌다.

며칠 뒤 엽은 정학이 결정되어 학교에 나오지 못했다.

20

테카포호수로 향하는 버스가 정류장에 도착했다. 이른 아침이라 잠이 덜 깨 저절로 하품이 나왔다. 짙은 안개가 마을 전체를 가득 채우고 있었다. 호수로 향하는 도정의 풍경이 아름답다는 후기를 봤는데 아무래도 기대를 접어야 할 것 같았다. 버스에 타려는 사람들이 삼삼오오 정류장으로 모였고 얼마 뒤 버스 문이 열렸다. 버스 기사는 종이를 보며 한 명씩 이름을 확인했다. 아시아계 승객이 많았는데 내 앞에 선 모녀로 보이는 일행을 공항에서도 본 것 같았다. 마침 앞뒤로 좌석이 배정되어 눈인사를 나눴다. 버스가 출발하자 갑작스럽게 허기가 일어 배낭을 열었다. 엽의 어머니는 버스에서 먹으라며 샌드위치와 사과를 챙겨줬다. 차창 밖을 보며 그것들을 먹는 동안 안개는 더욱 짙어졌다. 어제 봤던 풍경이 온데간데없이 사라지고 있었다.

엽의 아버지는 언제 또 볼진 모르겠지만 건강히 지내라고, 다른 무엇보다 건강을 먼저 챙기라고 말했다. 글을 쓰느라 배를 곯는 건 아닌지 걱정이라며 등을 두드렸다. 한국에 올 일은 없느냐고 누나에게 묻자, 이제는 그곳이 너무 낯설어 여기보다 더 외국 같다고 말했다. 그들은 육체적으로나 정신적으로나 오랜 시간 무언가를 단련한 것 같았다. 누나는 지난밤 내게 말했다.

우리는 계속 여기에 있었어.

나는 누나가 꺼낸 그 한마디가 긴 세월 잊히지 않을 거라는 예감이 들었다. 우리 가족과는 반대로 엽의 가족은 그 자리에서 달아나지 않았다. 무너지지 않았다. 우리는 아버지가 돌아가신 직후 서둘러 외가 친척들이 있는 대전에 집을 얻었다. 엄마는 내 의견이나 동의를 구하지 않았다. 나는 그곳에 좀더 머물고 싶었지만 엄마가 그렇게까지 어떤 일에 결단력을 보이는 건 처음이라 순순히 이삿짐을 쌌다.

나는 내게 들려준 얘기로 소설을 완성하면 그때 다시 연락하겠다고 말했다. 어머니는 부러 나를 보지 않으려는 듯 거실을 정리하고 있었다. 지난밤에는 내가 아닌 엽을 보고 있는 것 같았다. 잊고 지낸 기억이 육박하는 사람의 눈에는, 형언할 수 없는 무언가가 서린 빛이 있었다. 장작불이 일렁이며 얼굴에 음영을 드리울수록 빛은 선명해졌다.

버스가 마을을 벗어나자 거짓말처럼 안개가 걷혔다. 평원에서 풀을 뜯는 양떼가 차창 밖으로 스쳐갔다. 배낭에서 녹음기를 꺼내 이어폰을 연결했다. 우리가 나눈 모든 대화가 선명하게 들렸다. 한국에 돌아가자마자 녹취를 풀어야겠다고 생각했다. 다시 창밖을 바라보는데, 곧 비행기가 이륙할 시간이 됐다며 준이 문자를 보내왔다.

준은 나를 놀라게 할 심산으로 몰래 항공권을 끊었다고 말했다. 엽의 가족과 만나는 일에 방해가 될까봐 미리 말하지 않았다고도 덧붙였다. 전날 가족과 대화를 마친 뒤 자려고 누웠다가 깜짝 놀라 벌떡 일어났다. 그런 일로 장난을 칠 성격이 아닌 걸 알기에 입이 다물어지지 않았다. 다시 내게 마음이 생긴 걸까, 그동안 나 혼자만 오해해왔던 걸까. 놀란 마음을 진정시키자 걱정부터 들었다. 준은 해외여행을 좋아하지 않았다. 비행기 타는 일을 무서워하기 때문이었다. 그럼에도 몇 차례 해외로 떠난 적이 있는데, 그럴 때면 최대한 준이 피로감을 덜 느끼게끔 계획을 짰다. 혼자 공항에 갈 수 있을지, 환승은 할 수 있을지, 도착 후에 길을 잃는 건 아닐지 묻자 준은 한마디만 보냈다. 테카포에서 만나자. 나는 더 이상 다른 말은 하지 않았다.

준은 심경의 변화가 생기면 평소 하지 않던 행동을 해왔다. 잘 쓰던 전화를 최신 기종으로 바꾼다거나, 주민센터에서 꽃꽂이를 배운다거나, 주식 투자에 관한 책을 사서 읽는 행동 같은 걸 했다. 하지만 이내 금방 시들해졌다. 그렇게 생각하니 왠지 준의 마음을 알 것 같았다. 준은 이별을 위해 이곳에 오는 것이다. 이번엔 나의 예상이 빗나가길 바라지 않았다. 테카포로 향하는 동안 버스에서 내리는 승객들을 바라보며 그들은 어디에서 왔고 어떤 이야기를 가졌을지 상상했다. 도착까지 네 시간 가까이 걸렸지만 한 번도 잠들지 않았다.

기념품을 파는 건물 앞에 도착했을 때 갑작스럽게 비가 내리기 시작했다. 버스에서 내려 배낭에 레인커버를 씌웠다. 곧장 숙소로 향하지 않고 사람들을 따라 걸었다. 비 내리는 호수는 사진으로 본 것과는 다르게 회색빛에 가까웠다. 언젠가 준은 뉴질랜드에서 엽의 가족만 만나고 돌아올 건지 물었다. 나는 남섬에서 경관이 빼어난 명소 몇 군데를 보여주며 한 곳 정도는 갈 것 같다고 말했다. 여기 좋겠다. 준이 고른 사진, 그곳이 테카포였다. 준은 에메랄드빛으로

물든 호수보다 호숫가를 따라 핀 라벤더를 가리키며 한참
동안 눈을 떼지 못했다. 사진 많이 찍어 올게, 라고 말하자
고개를 끄덕였다. 준이 이곳에 오고 있다니 여전히 믿기 어
려웠다. 함께 갈 만한 식당과 카페를 찾아 마을을 돌아다녔
다. 마을은 엽의 부모님이 있던 퀸스타운과는 비교할 수 없
을 정도로 작았는데 그래서인지 오가는 사람과 자동차도 적
었다. 호수 근처 공원에 듬성듬성 세워진 캠핑카가 전부였
다. 시간이 지날수록 설산을 넘어 비구름이 몰려왔다. 비가
더 쏟아지기 전에 숙소 열쇠를 받기 위해 인포메이션 데스
크가 있는 건물을 찾았다.

데스크에 앉아 있던 담당자가 열쇠와 마을 지도를 건네줬
다. 손으로 직접 그린 듯한 지도 한편에 별표로 숙소가 표시
되어 있었다. 내일 한 명이 더 올 거라고 말하자 추가 금액
을 안내해주었고 그 자리에서 결제했다. 오르막길을 오르는
동안 비가 그치면서 흙냄새가 났다. 언덕에 자리한 숙소의
대문을 열고 뒤로 돌자 호수가 내려다보였다. 호수는 햇빛
을 받아 서서히 에메랄드빛으로 변해가고 있었다.

준은 전날 내가 내린 정류장에서 자신의 몸집만한 배낭을
메고 손을 흔들었다. 꽤 멀리 있었음에도 우리는 서로를 알

아볼 수 있었다. 새로 샀을 법한 배낭을 내게 보여주기 위해 등을 돌리며 크게 웃었다. 나는 서둘러 뛰어가 오랫동안 품 속 깊이 그를 안았다. 준은 숨이 막힌다며 등을 쳤다. 마치 처음 몸을 맞댄 것처럼 낯선 감촉이 느껴졌고, 나는 그때 그동안 약간의 틈도 없이 서로 너무 분명하게 연결되어 있었다는 사실을 깨달았다. 그래서 준은 숨막혔던 것이 아닐까, 최소한의 거리가 우리에게도 필요하지 않았을까, 준의 배낭을 대신 짊어지며 생각했다. 준은 이러한 나의 생각이 기우라고 말해주는 것처럼 내 손을 잡고 발걸음을 옮겼다.

구름 한 점 없는 청명한 하늘을 보며 준은 연신 감탄했다. 그토록 보고 싶어했던 라벤더가 줄지어 핀 호숫가를 걸었다. 준은 에메랄드빛으로 물든 호수 저편을 오래 바라보았다. 파도에 신발이 젖을 것 같았다. 준은 아랑곳하지 않고 물에 손을 담그며 마시려는 시늉을 했다. 내가 말리자 얼굴에 물을 뿌렸다. 우리는 그렇게 한참 호숫가에서 시간을 보내다가 선한 목자의 교회로 향했다. 테카포호수는 은하수를 관찰하기에 최적의 장소라 알려져 있었다. 선한 목자의 교회를 찍은 사진엔 언제나 은하수가 배경으로 자리하고 있었다. 작고 아담하게 건축된 건물을 돌며 준이 물었다.

여기 은하수가 왜 잘 보이는지 알아?

글쎄.

인공 빛이 거의 없어서래.

준은 건물 외벽을 손으로 쓸며 말했다.

새벽에 나올까?

그래.

해가 지기 전 마트에 장을 보러 들어갔을 때 준은 식재료와 와인을 잔뜩 집어 카트에 넣었다. 주방에서 함께 고기를 굽고 샐러드를 소스에 버무리며 음식을 만들었다. 평소보다 많은 양의 요리와 값싼 와인을 먹고 마시며 계속 떠들었다. 아무런 걱정도 들지 않았다. 밤은 예상보다 일찍 찾아왔지만 아침까지는 긴 시간이 남아 있었다. 준은 살짝 비틀거리며 일어나더니 배낭에서 스피커를 꺼냈다. 평소 음악을 잘 찾아 듣지 않는 준은 내게 스피커를 건네며 요즘 듣는 음악을 틀어달라고 했다. 음악이 시작되자 준은 자리에서 일어나 춤을 췄다. 나도 준의 손에 이끌려 춤이라고 부를 수도 없는 이상한 움직임을 보였고 준은 소파에 드러누워 한참을 웃었다.

우리 막 사귀기 시작했을 때 음악 자주 들었던 거 기억나?

준이 물었다.

네가 같이 듣자고 들려줬잖아.

그랬지.

그랬어.

나는 준을 일으켜세워 의자에 앉혔다.

그때 많이 들어줄걸. 같이 할걸. 그런 생각이 들어, 요즘.

볼이 빨개진 준은 물을 한 컵 마시곤 다시 말했다.

그래서 여기 왔어.

나는 얇은 모포를 가져와 준의 무릎에 덮어줬다. 그러곤
테이블 위에 놓인 식기들을 정리했다. 준은 잠이 오는 듯 의
자에 머리를 기대고 창밖을 바라보고 있었다. 창문에 걸친
커튼을 젖히고 거실 전등을 껐다. 저멀리 호수 위를 수놓은
별들이 보였다. 그렇게 얼마간 다시 대화를 나눴다. 서로 기
억하는 예전 일들을 하나씩 꺼냈다. 좋았던 시간, 싸웠던 시
간, 슬프거나 즐거웠던 시간, 서로 다르게 기억하는 시간 들
을 얘기하다보니 자정이 훌쩍 지났다. 은하수를 볼 수 있지
않을까 하는 마음에 숙소를 나섰다. 가는 길이 어두워 휴대
폰 플래시에 의지해 걸었지만 은하수는 볼 수 없었다. 다음
에 다시 오자, 라는 말은 서로 꺼내지 않았다.

마운트쿡 후커밸리로 향하는 차를 타기 위해 오전부터 분

주했다. 집합 장소는 마트 옆이었는데 둘 다 늦잠을 자서 출발 시각에 겨우 맞춰 도착했다. 키위새가 그려진 미니버스 앞에 가이드가 서 있었다. 테카포에 거주한다는 가이드는 자기소개를 마친 뒤 인원을 확인했다. 준은 출발과 동시에 내 어깨에 기대 잠들었다.

정오쯤 트레킹이 시작되는 장소에 도착했다. 비가 내리기 시작해 트레킹을 건너뛰는 사람이 많았지만 우리는 아랑곳없이 버스에서 내렸다. 가이드는 다음 집합 장소가 체크된 지도를 건넸다. 주차장에 덩그러니 남겨진 우리는 우의를 살 생각도 하지 않은 채 후드를 뒤집어쓰고 걷기 시작했다. 도착점에 다녀온 사람들이 힘내라며 인사를 건넸다. 생각보다 비가 많이 내려서 준이 괜찮을지 걱정했으나 이미 성큼성큼 앞장서서 걸어가고 있었다. 우리는 전날 사전 정보 없이 덜컥 패키지를 예약했다. 같이 걷자, 준은 휴대폰으로 예약 창을 보여주며 말했다. 비를 맞으며 높게 솟은 설산을 배경으로 걷고 또 걸었다. 정확한 도착지를 알지 못한 채 그저 말없이 한 방향으로 걸음을 옮겼다.

선인장들과 가시나무 덤불을 지나 언덕을 넘었을 때, 우리는 난생처음 빙하를 봤다. 골짜기 사이로 집채만한 빙하가 떠내려오고 있었다. 자잘한 빙하 조각들도 각자의 속도로 계곡을 향해 갔다. 준은 너무 놀란 나머지 내 뒤로 숨었다. 나는 준을 달래면서 언덕 제일 높은 곳으로 향했다.

지금 같이 보자.

준은 고개를 끄덕였다. 우리는 관광객이 없는 구릉까지 올라가 자리에 주저앉은 채 빙하를 내려다봤다.

21

골목 어귀 전봇대에 쓰레기봉투를 내놓으러 집을 나섰다. 늦은 밤까지 엽이 들어오지 않아 잠에 들지 않고 있었다. 인기척에 놀란 고양이가 쓰레깃더미에서 뛰쳐나와 다른 골목으로 달려갔다. 수능이 며칠 남지 않아서인지 밤공기에서 겨울이 느껴졌다. 나는 외투 주머니에 손을 넣고 한동안 서 있었다. 길모퉁이에서 엽이 나타나기를 기다렸다.

엽은 더이상 학원에 다니지 않았다. 수능에 응시하지도 않았다. 엽의 아버지는 졸업식만 마치고 본격적으로 공장일을 배우라고 말했다. 졸업장은 있어야 하니까, 그때까지 쥐죽은듯이 살아. 엽이 어떤 대답을 했는지는 알 수 없었다. 엽은 매일 늦은 새벽에 들어와 잠만 자고 이른 아침에 집을 나섰다. 연락을 해도 받지 않았다. 나는 집에서도, 학교에서도 엽을 기다렸다. 교실 옆자리는 여전히 비어 있었다. 그 일이 있고 나서 반 친구들은 나를 멀리하는 것 같았다. 나는 혼자 급식실에서 밥을 먹었고 매점은 가지 않았다. 수업 중간에 교실을 빠져나와 중창단 연습실에서 시간을 보냈다. 선배들이 두고 간 시디를 하루종일 들으며 하교시간을 기다렸다. 취업을 나간 현은 방학 즈음에야 학교에 온다고 연락했다. 나는 그들과 함께 다니던 교정을 피해 다른 길로 걸었다. 방학이 되기만을 기다렸지만 하루하루가 너무 더디게 흘러갔다.

발가락이 시려질 즈음에 길모퉁이에서 엽이 나타났다. 나는 기다렸던 것을 들키지 않기 위해 쓰레기봉투를 다시 들고 이제 막 버리는 것처럼 내려놨다. 엽은 고개를 갸우뚱하며 말했다.

아까부터 서 있던 거 다 봤어.

엽은 치킨이 든 봉투를 보여주더니 먼저 집으로 향했다.

방바닥에 신문지를 깔고 엽이 욕실에서 나오길 기다렸다. 엽이 거실에 벗어놓은 옷을 보자 까만 얼룩 같은 것들이 덕지덕지 묻어 있었다. 수건을 목에 걸치고 나온 엽은 옷을 세탁기에 넣으며 말했다.

아파트 건설 현장은 심부름만 해도 돈 주더라.

나는 젓가락을 건네려다 멈추고 엽을 바라봤다.

수시 붙은 애들이 학교 안 나가고 알바하는 거랑 비슷한 거야.

엽은 대수롭지 않다는 듯 손으로 치킨을 들어 먹기 시작했다. 손톱에 까만 때가 잔뜩 끼어 있었다.

네 잘못 아니야.

엽은 말했다. 나는 그런 엽의 손을 바라봤다.

네 잘못 아니라고.

맞잖아.

엽은 대답하지 않고 누가 쫓아오기라도 하는 것처럼 빠르게 음식을 먹었다.

내일도 아침 일찍 나가야 돼.

대충 자리를 정리한 뒤 이불을 깔았다. 창문 사이로 찬바람이 스며들었다. 엽은 손톱을 자르기 시작했다. 나는 이불 속으로 들어가 말했다.

밤에 손톱 자르면 안 돼.

왜?

쥐가 손톱 먹고 사람으로 변한다잖아.

누가 그래?

우리 동네에서. 그래서 몇 번 혼났어.

시골 미신을 누가 믿냐.

그러면서도 엽은 손톱을 자르다 말고 서둘러 불을 끄고 누웠다. 한동안 조용하길래 잠든 줄 알았는데 이내 말을 걸어왔다.

그래도 쥐가 먹었으면 좋겠네.

그러게.

창문이 떨리는 소리를 들으며 우리는 잠에 들었다. 그날 밤이 엽과 내가 마지막으로 함께 보낸 시간이었다. 며칠 뒤 함께 살던 집은 정리하기로 결정됐다. 우리의 의사가 아니라 부모님들끼리 연락을 주고받다가 내려진 결정이었다. 엽은 예정보다 일찍 아버지 공장이 있는 지역으로 가게 되었고, 나는 졸업까지 남은 몇 개월만 다시 기숙사에서 지내기로 했다. 짐을 빼는 날 엽은 오지 않았다. 할머니가 말려놓으라던 곶감 몇 줄기를 그대로 집에 두고 나왔다.

그로부터 몇 달 뒤, 아버지 장례식에 반 친구들과 현이 찾아왔다. 나는 상복 위에 완장을 찬 채 벽에 기대앉아 있었다. 선생님이 전해주라고 했다며 십시일반 모은 부조금 봉투를 친구가 건넸다. 그들은 아버지 영정 사진에 절을 한 뒤

나와 맞절했는데 그때 왠지 웃음이 나서 나는 엎드린 상태로 피식 웃었다. 방에서 쉬고 있던 엄마와 누나가 옷매무새를 고치고 나와 친구들에게 인사를 건넸다. 머리가 덥수룩하게 자란 현은 별다른 말 없이 나를 안았다. 나는 그들을 식사할 수 있는 곳으로 데려갔다.

현은 숟가락으로 육개장 국물을 몇 술 뜨다 말곤 나를 찾았다. 오랜만에 만나 할 얘기가 많았는데 마침 조문객이 없는 시간이라 오래 대화할 수 있었다. 현은 취업 나간 공장 일이 힘들어 조만간 그만둘 거라고 말했다. 다른 친구들이 잠깐 자리를 비운 사이 현이 물었다.

개 소식 알아?

현이 장례식장에 들어올 때 혹시 엽도 함께 오지 않았을까 하는 마음에 현의 어깨 너머를 바라봤었다. 나는 고개를 저었다.

집을 나갔다는 말도 있고, 외국에 갔다는 말도 있고.

현은 턱짓으로 친구들이 앉았던 자리를 가리켰다.

애네도 모른다네.

옆 장례식장에서 누군가 우는 소리가 들려왔다.

너는 연락하는 줄 알았어. 둘이 친했잖아.

우리는 한동안 말없이 그대로 앉아 있었다. 그사이 조문객들이 찾아와 나는 다시 자리에서 일어났다. 며칠간 제대로 자지 못해 조금 비틀거렸다. 장례식장을 나서기 전 현이 다시 나를 찾았고 우리는 함께 밖으로 나갔다. 현은 공장에 출근하느라 졸업식엔 못 가지만 청주에 오면 연락하라고 말하며 택시를 탔다. 다른 친구들에게도 인사를 건네며 배웅했다. 얼굴이 따가울 정도로 매서운 눈발이 흩날리고 있었다.

22

온라인으로 주문해둔 박스에 짐을 넣으며 빠뜨린 건 없는
지 재차 확인했다. 준의 집에 사는 몇 년 동안 쌓인 책들이
공간을 많이 차지한 것 같아 내내 마음이 쓰였다. 중간중간
내가 사는 집에 갖다놨는데도 양이 많아서 대부분을 노끈으
로 묶어 길가에 내놨다. 음식물 수거함이 엎어져 있어 도로
세워놨다.

옷은 종류별로 개어서 여행용 트렁크에 넣었다. 손잡이에
는 몇 년 전 함께 다녀왔던 여행지가 적힌 수하물 바코드 스
티커가 아직 붙어 있었다. 나는 스티커를 떼지 않고 그대로
트렁크를 닫았다. 짐을 다시 확인하는 동안 준은 욕실에서
나와 수건을 펼치며 물었다.

이거 누구 거지?

그거 누구 결혼식이었는데.

가져갈래?

박스 다 찼어.

우리는 한동안 그렇게 이건 누구 물건인지, 저건 누구 옷인지 주인을 찾았다. 선물로 주고받은 건 그대로 갖기로 했다. 커플링으로 사준 반지는 어떻게 할까 묻기에 그건 나도 잘 모르겠다고 말했다.

뉴질랜드에서 한국으로 돌아오는 날, 크라이스트처치공항에서 환승 수속을 마친 뒤 게이트 앞 의자에 앉아 탑승을 기다렸다. 준은 배낭을 열곤 선물들을 하나씩 꺼내 정리했다. 아버지와 어머니, 오빠가 좋아할 만한 것들을 잘 알고 있어서 선물을 고르기까지 오랜 시간이 걸리지 않았다. 정리를 마친 뒤, 준은 귀에 이어폰을 꽂고 휴대폰을 들여다봤다.

그때 누군가 다가와 옆자리에 앉아도 되는지 물었다. 내가 고개를 끄덕이자 그는 어딘가를 향해 손짓했다. 아내와 아이가 그에게 다가왔다. 그는 자리에서 일어나 아이를 먼저 앉히곤 아내가 들고 있는 짐을 받아 바닥에 내려놨다. 아이는 알아들을 수 없는 외국어로 그를 향해 열심히 뭔가를 설명했다. 그는 가방에서 텀블러를 꺼내 아이가 먼저 마시게 한 뒤 아내에게 건넸다. 그때 환승 게이트가 변경됐다는 안내 방송이 흘러나왔다. 그는 아내와 아이를 두고 어딘가로 달려갔다.

우리는 전광판에 표시된 환승 게이트를 확인한 뒤 함께 자리에서 일어났다. 환승 게이트로 걸어가던 중 그제야 준비했던 말을 꺼낼 수 있겠다는 확신이 들었다. 헤어지자. 준은 별다른 반응을 보이지 않았다. 나는 걸음을 멈추고 다시 말했다.

들었지?

응, 들었어.

준은 뒤돌아 나를 바라보며 대답했다. 다시 게이트 앞 의자에 앉아 짐을 정리하는 사이 아까 봤던 가족이 서둘러 뛰어오고 있었다.

현관문 쪽에 박스를 쌓아놓고 개수를 셌다. 생각보다 양이 많아 용달차를 부르기 잘했다고 생각했다. 준은 거실을 둘러보며 생각에 잠긴 듯했다. 용달차 기사는 전화해 오 분 뒤 도착이라고 말했다.

이제 갈게.

우리는 말없이 서로의 눈을 오래 들여다봤다. 그렇게 오래 눈 마주친 적이 언제였는지 떠올리며 입 밖으로 꺼내는 말보다 더 많은 얘기를 주고받았다. 인사 같은 건 하고 싶지 않았다. 건강해, 잘살아, 아프지 마, 고마웠어, 이런 말들로 우리의 시절을 정리하고 싶지 않았다. 언젠가 우리는 서로를 잊을 것이다. 마지막 인사말로 그 미래를 서두르고 싶지 않았다. 기사와 함께 박스를 내리는 동안 준은 거실에 우두커니 서 있었다. 용달차가 시동을 걸고 마지막으로 거실에 갔을 때 우리는 누가 먼저랄 것도 없이 서로를 끌어안았다.

새로운 가족이 될 수 있었을 많은 가능성의 날들이 머릿속을 스쳤다. 그 누구의 잘못도, 과오도 아닌 어떤 시절의 도착지. 그곳엔 준과 가족이 되지 못했다는 명백한 사실만이 자리잡고 있었고, 그래서 앞으로 다가올 시간들이 조금은 두려웠다.

박스들을 대충 집에 쌓아둔 뒤 그대로 누워 잠깐 잠에 들었다. 눈을 떴을 땐 창밖으로 해가 지고 있었다. 무엇부터 하면 좋을지 머릿속으로 순서를 정하다가 문득 막막한 마음이 들었다. 막막하다, 입으로 읊조리며 다시 눈을 감았다. 그러다 휴대폰으로 불쑥 엄마에게 전화를 걸었다. 어딘지 묻자 엄마는 집이라고 말했다. 지금 가도 돼? 엄마는 별다른 질문 없이 그저 그러라고만 답했다. 나는 서둘러 일어나 옷을 걸친 뒤 기차역으로 향했다.

평일 저녁이라 한산할 거라고 생각했던 기차역에는 많은 사람이 오가고 있었다. 나는 가장 빠른 대전행 기차표를 끊고 플랫폼 벤치에 앉았다. 엄마는 저녁 안 먹었으면 밥을 해두겠다고 문자를 보내왔다. 기차가 대전역에 도착할 때까지 음악을 듣지도 책을 읽지도 않았다.

대문을 열고 들어서자 엄마는 마당에서 잡초를 뽑고 있었다. 상추가 잘 자라지 않는 게 다 잡초 때문이라며 나더러 거들라고 말했다. 밤이라 잘 보이지 않았지만 군말 않고 옆에 앉아 잡초를 뽑았다. 우리는 그렇게 한동안 잡초를 뽑다가 손을 씻고 집으로 들어갔다. 오랜만에 온 본가는 변한 것 하나 없이 그대로였다. 이대로 며칠 지내다 갈까 생각하던 참에 엄마는 내 생각을 읽었는지, 안방에서 티브이를 보다 갑자기 며칠 있다가 갈 거냐고 물었다. 나는 대답 대신 준과 헤어졌다고 말했다. 티브이가 꺼지는 소리가 들렸다.

애썼어.

그 한마디가 전부였지만 그것만으로도 충분하다고 생각했다.

23

원고를 완성한 뒤 서교동에 위치한 카페에서 담당 편집자를 만났다. 원고는 출판사의 웹진에서 사 개월 정도 연재되었다. 소설을 구상할 당시 원고를 담당했던 편집자는 연재가 시작될 즈음 해외에 나가 연재가 끝나는 시기에 귀국했다. 그사이 편집부에 새로 입사한 신입 편집자가 원고를 맡아줬다. 우리 셋은 카페 구석자리에 모여 커피를 마시고 빵을 먹었다. 본격적인 대화를 나누기 전, 해외에 다녀온 편집자가 선물을 건넸다. 나는 새로 산 필름카메라를 꺼내 그들을 찍었다. 테스트를 하기 위한 필름이 세 장 정도 남아 있었다.

커피를 다 마셔갈 때쯤 그들은 원고에 대한 의견을 건넸다. 나는 그들이 신중하고 조심스럽게 단어를 고르는 모습에서 고마움을 느꼈다. 여러 질문이 오갔는데 그중 해외에 다녀온 편집자는 엽의 죽음이 화자에게 어떤 의미였을지 물었다. 나는 미팅을 마치고 필름을 현상하러 가는 길에 그 질문을 계속 떠올렸다.

엽이 스스로 생을 마감했다는 부고를 듣고, 나는 내 감정을 깨닫기까지 오랜 시간이 걸렸다. 나는 나의 가족이 아닌 다른 가족의 어떤 가능성을 엽과 함께 경험했다. 그 시절 엽이 없었더라면, 이라는 상상은 해본 적이 없었다. 앞으로도 그럴 것이다. 엽은 분명하고 완전하게 기억됐다. 왜 그런 선택을 했는지, 남겨진 가족들은 생각하지 않았는지, 나는 추측하지 않았다. 그런 식으로 시간을 거스르며 현재를 방치하지 않았다. 아버지의 죽음으로 나는 이미 어떤 시간들을 건너뛰었다. 후회와 안타까움에 파묻혀 살아간다면, 엽은 그 시절 그랬던 것처럼 내 어깨를 툭 치곤 걱정스럽게 바라볼 것이다. 한 가지 아쉬운 점이 있다면 그와 찍은 사진이 한 장도 남아 있지 않다는 사실이다.

준과의 이별은 내게 어떤 의미인가. 아직까진 무엇이라고 분명하게 단정짓고 싶진 않다. 다만 그보다 기억하는 장면이 있다.

준과 헤어진 그해 여름, 아버지 기일에 본가로 향했다. 현관문을 열고 들어서자 엄마의 신발 옆에 손바닥보다 작은 신발이 나란히 있었다.

왜 이렇게 늦었어?

거실에서 누나가 나오며 말했다. 연락도 없이 언제 집에 왔나 싶었는데 누나는 내가 대답할 새도 없이 다시 말을 꺼냈다.

여기는 삼촌.

아이가 누나의 종아리를 붙잡은 채 나를 물끄러미 바라보고 있었다. 나는 무릎을 꿇고 앉아 아이와 시선을 마주했다. 아이는 눈도 깜빡이지 않고 나를 빤히 보다가 욕실에서 나온 엄마에게 달려갔다.

더워서 제사 음식 하기도 힘들다.

샤워를 마치고 나온 엄마는 수건으로 얼굴을 닦으며 말했다.

오는 길에 시장에서 살걸.

그래도 일 년에 한 번인데 직접 해야지. 애 데리고 시장 가는 것도 힘들잖아.

엄마는 아이를 안고 안방으로 향했다.

해가 질 무렵 제사상을 차리고 향을 피웠다. 새로 쓴 지방을 병풍에 붙이고 아버지 사진이 담긴 액자를 그 앞에 뒀다. 제사가 진행되는 동안 아이는 거실 구석에 앉아 장난감을 가지고 놀았다. 누나는 아이를 제사상 앞으로 데려와 사진을 가리키며 말했다.

할아버지야.

아이는 손을 뻗어 약과를 만지작거렸다. 누나가 말리려고 하자 엄마는 그냥 두라고 말했다.

제사를 마치고 음식을 정리하는 동안 지방을 태우기 위해 밖으로 향했다. 지방이 다 타기 직전 허공에 던졌고 하얀 잿가루가 흩날렸다. 다시 집으로 들어가자 주방에서 부채질을 하던 엄마가 말했다.

옛날엔 항상 이맘때 네 아빠가 닭 잡았잖아. 백숙 해줄까?

나와 누나는 동시에 고개를 가로저었다.

치킨 먹자. 내가 시킬게.

누나가 휴대폰을 꺼내며 말했다.

먹을 수 있어?

나는 소파에 엎드려 있던 아이를 가리키며 물었다.

그럼.

누나는 아이를 바라보고 말했다. 아이는 자리에서 일어나

202

손을 앞뒤로 흔들었다. 소파에서 떨어질 것 같아 가까이 갔
다. 아이가 팔을 벌려 나를 안았다. 처음 느끼는 어떤 온기
가 피부로 전해졌다.

작가의 말

홋카이도의 대설산인 아사히다케는 아이누족의 언어로 '카무이민타라', 즉 '신들의 정원'을 뜻한다. 원고 교정 작업이 끝나갈 무렵이었던 한여름, 나는 산 정상에 올랐다. 가방에 카메라와 생수를 챙겼고 곰을 쫓는 방울을 허리춤에 매달았다. 하얀 유황 연기가 하늘로 치솟고 있었다. 반나절 뒤나는 산 정상에서 신들의 정원을 내려다봤다. 기존 계획에는 없던 충동적인 선택이었다. 얼마나 아름답기에 그런 이름을 붙였을까 궁금해 무턱대고 산행을 결정했다. 나는 아이누족의 시간을 경험하고 싶었다.

이 소설에 대한 바람은 읽는 이의 경험과 연결되는 것이다. 소설을 읽다가 문득 잊고 지낸 기억을 반갑게 떠올릴 수 있다면, 그 순간 우리는 함께 정원에 있을 것이다. 비록 신은 아니지만, 소설이라는 우리만의 정원에서 인간적인 경험을 할 수 있을 거라고 믿는다.

이전 책의 작가의 말은 다음 문장으로 마무리를 지었다.

희망을 가져도 될까.

어느덧 다섯번째 책을 출간한다. 겨울이 끝나갈 무렵 시작한 소설을 여름의 초입에서 완성했다. 이 책의 시작은 김영수 편집자님과 함께했다. 소설의 전반적인 방향에 대해 아낌없이 의견을 주었고 그 덕분에 쓸 수 있었다. 『주간 문학동네』 연재부터는 최예림 편집자님과 함께했다. 연재부터 출간까지 일정대로 진행될 수 있었던 건 편집자님의 사려 깊은 배려와 도움이 있었기에 가능했다. 이 소설의 과거 이야기인 『달력 뒤에 쓴 유서』를 함께 만든 박혜진 편집자님, 연재 전 우연한 기회로 만나 진심어린 말을 건네준 최진영 소설가님의 추천사를 싣게 돼 감사를 전하고 싶다.

이 소설을 쓰며 한 문장을 계속 떠올렸다. 나는 소설을 쓰며 가정假定한다. 스스로 희망을 가져도 되기를.

2025년 8월

민병훈

문학동네 장편소설
어떤 가정
ⓒ민병훈 2025

초판 인쇄 2025년 8월 25일
초판 발행 2025년 9월 5일

지은이 민병훈
책임편집 최예림 | 편집 김영수 황문정
디자인 최효정 유현아 | 저작권 박지영 형소진 주은수 오서영 조경은
마케팅 정민호 서지화 한민아 이민경 왕지경 정유진 정경주 김혜원 김예진 이서진
브랜딩 함유지 박민재 이송이 박다솔 조다현 김하연 이준희
제작 강신은 김동욱 이순호 | 제작처 한영문화사(인쇄) 경일제책(제본)

펴낸곳 (주)문학동네 | 펴낸이 김소영
출판등록 1993년 10월 22일 제2003-000045호
주소 10881 경기도 파주시 회동길 210
전자우편 editor@munhak.com | 대표전화 031)955-8888 | 팩스 031)955-8855
문학동네카페 http://cafe.naver.com/mhdn
인스타그램 @munhakdongne | 트위터 @munhakdongne
북클럽문학동네 http://bookclubmunhak.com

ISBN 979-11-416-0254-3 03810

www.munhak.com